身代わり伯爵の決闘

清家未森

15094

角川ビーンズ文庫

身代わり伯爵の決闘

CONTENTS

リヒャルト
フレッドの親友で副官の青年。最近ミレーユへのスキンシップが過多。心配性な面もあり。
ミレーユ
元気で貧乳。兄の身代わりとして、美形変人だらけの王宮を男装で駆け回っている。

身代わり伯爵の決闘 CHARACTERS

フレッド
ミレーユの双子の兄で妹激ラブ。愛情表現は、ミレーユをトラブルに巻き込むこと!?

ヒース
シアランの美形神官で、またの名をランスロット。ミレーユの幼なじみ。

ヴィルフリート
アルテマリスの第二王子。暴走しがちな面もあるが、着ぐるみを脱ぐと美少年。

ジーク
アルテマリス王国の第一王子。ミレーユを第二夫人として、後宮に入れる事が野望。

本文イラスト／ねぎしきょうこ

序章　魔女の惚れ薬

王子重病の報を聞いて駆《か》けつけた自称《じしょう》魔女は、深刻な顔をした近衛騎士《きし》団長から状況《じょうきょう》説明を受けていた。

「東洋の宗教書にのっとり煩悩《ぼんのう》を消すため修行《しゅぎょう》の旅にお出ましになったのですが、近隣《きんりん》に手頃《てごろ》な滝《たき》修行を出来る場所がなく、庭の噴水《ふんすい》で代用なさったところ予想外に水が冷たかったため、不運にもお風邪《かぜ》を召《め》されてしまったという次第《しだい》です」

「………」

ルーディはここまで自分を案内してくれた騎士団長を見つめ、それから心底呆《あき》れた顔で王子に目線を戻《もど》した。

「馬鹿《ばか》？」

「馬鹿じゃない。こうして風邪を引いているだろうが」

盛大に厚着をして寝台《しんだい》に潜《もぐ》り込んでいたヴィルフリートは、鼻声で答えながらもぞもぞと起き上がった。

「風邪くらいでいちいち呼びつけるんじゃないわよ、ったく……。こちとら温泉めぐりに行くところだったんだから。わたしの肌《はだ》がつるつるになり損《そこ》ねたら責任とれんの？」

ぶつぶつ文句を言いつつも薬を処方するルーディを、ヴィルフリートは眉《まゆ》を寄せて眺《なが》める。

「おまえはもともと男だろう？　そんなことに興味があるのか？」

「そら男も女も関係ないでしょ。ああ、一応あっちでは男湯に入るわよ。女の裸《はだか》なんぞ見たって腹が立つだけだしね」

気のない調子で言いながら、ルーディは持ってきた包みを開いて新作の珍品《ちんぴん》を並べ始めた。趣味《しゅみ》と実益を兼《か》ねた蒐集《しゅうしゅう》物を王子や伯爵《はくしゃく》に売りつけるのが彼の小遣《こづか》い稼《かせ》ぎなのだ。せっかく来たのだから稼げるものは稼いでおかねばならない。

それを見ていたヴィルフリートは思いついて魔女に目をやった。

「しかし、男湯に入る時その胸の塊《かたまり》はどうするんだ？」

「この豊満な付け胸のこと？　これはほら――」

胸元《むなもと》の広く開いたドレスの襟《えり》ぐりに手を突《つ》っ込むと、ルーディは中の詰《つ》め物を引っ張り出した。たちまち胸はぺたりとなる。

「着脱《ちゃくだつ》可能なのか！」

なるほど、これならその気になれば男が女に扮《ふん》することもできるわけだ。

無邪気《むじゃき》に感嘆《かんたん》した彼は、ふと真顔になって魔女を見つめた。

「ある日突然《とつぜん》、男に胸のふくらみが出来ることってあると思うか」

「はあ？　そんな素晴《すば》らしい現象がこの世にあるなら、今まで苦労してきてないっつの」

「……そうだな。そんな馬鹿なことがあるわけがない」

ヴィルフリートは、ルーディがはずした胸の詰め物を手にとった。

「あの時の感触《かんしょく》は気のせいに決まっている。男にあんなものがついているなんておかしいじゃないか。こんな作り物の詰め物のふわふわした感じじゃない、もっとこう、ふにゃ、というか、むにゅ、というか……」

「ヴィル、鼻血っ！」

ルーディの指摘《してき》に、難しい顔で詰め物をこねまわしていたヴィルフリートは、はっと我に返った。ぽたぽたと寝具《しんぐ》の上に赤い染《し》みが広がるのを見て、慌《あわ》てて鼻をおさえる。

「い、いや、違《ちが》うぞ！　これはちょっと、感触を思い出してしまっただけだ！　断じて言っておくが僕は正常だ！」

夜の庭での出来事を思い出して赤くなりかけた彼は、すぐさま今度は青くなった。

「……絶対に何かの間違いだ。男相手にときめくなんて……。しかもあんな馬鹿に……」

うちひしがれた王子のつぶやきに、ルーディは衝撃《しょうげき》を受けたように目を瞠《みは》った。

しばし無言になり、やがて憐《あわ》れみの目をして赤い小瓶《こびん》をそっと持ち上げる。

「馬鹿なりに重大な悩《なや》みを持つように出来てんのね、世の中ってのは。ほら、これをあげるから強く生きていきなさい」

「馬鹿じゃない！……なんだ、これは」

渡《わた》されたそれには、何やらとろりとした液体が入っている。

「惚れ薬。意中の相手に飲ませたら、自分に惚れてくれるらしいわよ。あんたの恋《こい》は前途《ぜんと》多難だし、これくらいのずるは許してもらえるでしょ。ま、同性相手に効くかどうかは知らないけどね」

「何と不埒《ふらち》な薬だ」

王子は憤慨《ふんがい》したが、ふとルーディを見つめてつぶやいた。

「男が男に飲ませても、効かないということか？」

「そりゃ、普通《ふつう》は異性相手に飲ませるもんでしょ。そういうのって」

「……」

ということはつまり、相手がもし女だったなら、効き目があるということだろうか。

「……僕はそういうのは嫌《きら》いだ」

不機嫌《ふきげん》な顔でつぶやきながらも、ヴィルフリートの目はその小瓶に釘付《くぎづ》けになった。

第一章　招かざる客

妙《みょう》に肌寒《はださむ》さを覚え、ミレーユは眉をひそめながら毛布をたぐりよせた。

さすがに十一月ともなると朝は冷え込む。アルテマリス王国の都グリンヒルデは、ミレーユが生まれ育ったサンジェルヴェに比べると北にあるため、ただでさえ秋が過ぎるのは早い。そろそろ雪が降るかもしれないと侍女《じじょ》たちが話していたのを思い出し、ますます寒さを覚えて手足をちぢこませた。

そもそも寝台《しんだい》が広すぎるのがいけない、と思う。ごろごろと転がってもまだ余裕《よゆう》があるほどなのだ。最初のうちは面白《おもしろ》がって転がってみたりしたものだが、さすがに今はそんな子供じみたことはしない。なにしろ昨夜で十七歳になった、れっきとした大人《おとな》の女なのである。

（どうせひとりで寝《ね》るのに、なんでこんなに広いのよ。ますます寒いじゃない……）

軽く内心で八つ当たりしながら、ミレーユは寝返りをうった。そして、ふと眉を寄せた。

何やら、やわらかい温《ぬく》もりが手に触《ふ》れたのだ。

まだ半分頭の中は眠《ねむ》ったまま、しかめっ面《つら》でまぶたを開けてみると、自分そっくりな顔が目の前ですやすや寝息をたてていた。淡《あわ》い青の寝間着に、同じ布地の可愛《かわい》らしいナイトキャップをかぶっている。

「………」

一瞬《いっしゅん》、そこに鏡があるのかと思った。しかし、そんなわけはないと自覚した瞬間、ミレーユは目をむいて飛び起きた。

「フレッド!? こんなとこで何して……」

叫《さけ》びかけて、後ろ手についた手が別の温かいものに触れる。

ぎょっとして振《ふ》り返ったミレーユは、そこにもうひとりいるのを見つけてさらに仰天《ぎょうてん》した。

「なっ……!」

これまたすやすや眠っているのはエドゥアルトだった。息子《むすこ》と同様にナイトキャップをかぶったその姿は、とても三十半ばには見えない。

十七にもなって父や兄に添《そ》い寝をねだるようなことは、乙女《おとめ》の名誉《めいよ》にかけてありえないと言い切れる。つまり、彼らは勝手に寝台に入ってきたということだ。

わなわなと震《ふる》えながら、ミレーユは思い切り毛布ごとふたりをひっくり返した。

「何してんのよあんたたちは――――っ!!」

怒《いか》りの叫びが、朝のベルンハルト公爵《こうしゃく》家別邸《べってい》に響《ひび》き渡った。

「もうほんと、いい加減にして!!」

朝食のため食堂へと向かう頃《ころ》になっても、ミレーユの怒りはまだ収まらなかった。

「親子そろってなに考えてんの!? なんで勝手に添い寝なんかするのよ！」

妹の癇癪《かんしゃく》に、隣《となり》を並んで歩いていたフレッドは欠伸《あくび》をしながら答える。

「添い寝くらい別にいいじゃない。減るものでもなし」

「減るわよ。乙女としての何かが！」

「これも子どもの義務だと思って許してあげなよ。ぼくなんか引き取られた頃はそれこそ毎日寝室に押しかけられてたんだから」

「それは小さい頃の話でしょ？ あたしはもう十七なのよ。いくら家族だからって、嫁入り前《よめいり》の年頃《としごろ》の娘《むすめ》の寝台に知らない間にもぐりこんでくるっておかしいでしょうが！」

フレッドは眠そうな顔のまま、軽く肩《かた》をすくめてミレーユを見た。

「そんなにぶうぶう言うけどね。そもそもあそこはぼくの寝室なんだけど？」

その言葉に、ミレーユはふと真顔になって顎《あご》に手をやった。

「それなのよね。あたし、何であんたの寝台で寝てたのかしら」

十七回目の誕生日だった昨夜、誕生会に来てくれた騎士《きし》団の面々と楽しく酒をくみかわしていたはずだが、いつの間にフレッドの部屋で寝ていたのだろう。途中《とちゅう》から記憶《きおく》がないのだ。

「ぼくのほうが訊《き》きたいよ。明け方近くに帰ってきたら、きみはぼくの寝台を占拠《せんきょ》してぐうぐう寝てるし、そばでリヒャルトはお父上にお説教されてるし」

「……何それ？」

状況《じょうきょう》が想像できずミレーユは眉《まゆ》をひそめたが、フレッドにも事情がよくわからないようだ。

「さあ……。騒々《そうぞう》しかったから出て行ってもらったんだけど、いつの間にかお父上は戻《もど》ってきてたみたいだね」

あまり気にしていない様子で言う兄に、ミレーユは深刻な顔で詰め寄った。

「ねえ、パパって前からああいう感じなの？　ちょっと変っていうか……さっきもママにどやされて喜んでたみたいだし」

ミレーユの絶叫《ぜっきょう》を聞いて駆《か》けつけた母によって、父は耳を引っ張られて寝室を出て行った。あれはかなりしぼられるに違いないと思い、こっそり様子を見に行ってみたのだが、胸倉《むなぐら》をつかまれて頬《ほお》を染めている父を見て、回れ右して引き返してきたのである。

「気にしなくていいよ。あれは血筋的な特徴《とくちょう》というか……。早い話が、強い女性にいじめられるのが好きなんだよ、王家の男子は」

「そ……そうなんだ」

思わぬ事実を聞いてしまいミレーユは微妙《びみょう》な気分になったが、フレッドが足を止めたのを見て顔をあげた。

すぐそばの部屋の扉《とびら》が少し開いているのに気づいて隙間《すきま》からのぞきこむと、椅子《いす》に腰掛《こしか》けている後ろ姿が見えた。肘掛《ひじか》けに軽くもたれて俯《うつむ》いているのはリヒャルトだ。

「ね、ちょっと試《ため》してみようか」

　同じように中をのぞきこんでいたフレッドが、ひそひそと顔を寄せてきた。

「後ろからこっそり近づいて、目隠《めかく》ししてさ。声だけでぼくときみをちゃんと聞き分けられるかどうかやってみようよ」

　子どもじみた悪戯《いたずら》を持ちかけられ、ミレーユは呆《あき》れた顔を向けた。

「そんなの、聞き分けるに決まってるでしょ。明らかに声の高さなんて違《ちが》うじゃない。リヒャルトはいつもあんたと一緒《いっしょ》にいるんだから、間違うわけないわよ。ていうかあれ、寝てるんじゃない？　邪魔《じゃま》しちゃ悪いわ」

「やってみなきゃわかんないだろ。じゃ、ぼくから行くよ」

　止めるのも聞かず、フレッドは足音を忍《しの》ばせて部屋へ入っていく。リヒャルトの真後ろへ行くと、さっと手を回して目隠しをした。

「だーれだ？」

　やや声を高くしてフレッドが訊《たず》ねる。リヒャルトは不意をつかれて驚《おどろ》いたのか少し身じろぎしたが、あっさりと答えた。

「フレッド」

「当たりー」

　手をはずして笑うフレッドを振り返り、リヒャルトも軽く笑う。

「なに。新しい遊び？」

「いや、ちょっと通りかかったから声をかけてみただけ。よくぼくだってわかったね」

「そりゃわかるよ」

当たり前だと言いたげな口調でリヒャルトは笑っている。その表情にミレーユは思わずまじまじと見入った。

(そういえばあのふたりは親友同士なんだっけ)

彼がフレッドに気を許しているのは顔を見れば十分すぎるほど感じられた。内緒話《ないしょばなし》でもしているのかくすくすと笑いながら耳打ちしているフレッドのほうも、いつもミレーユに見せる顔とはどこか違う気がする。

(どのへんがどう気が合うのか、いまだによくわかんないけど……。でも仲良しなのは間違いなさそうだわ)

友情を確かめ合って気が済んだのか、フレッドが戻ってきた。唇《くちびる》に指を当てた彼に目線で促《うなが》され、ミレーユは同じように忍び足で部屋へ入った。

リヒャルトの後ろまで来ると、ひそかに深呼吸してさっと手を回す。

「だーれだっ」

「…………」

俯いたまま、リヒャルトは何も反応しない。どきどきしながら返事を待っていたミレーユだが、彼があまりにも微動《びどう》だにしないので、さすがに怪訝《けげん》に思って顔をのぞきこんだ。

(もしかして、寝《ね》ちゃった？)

フレッドと会話していた時からそう時間はたっていないはずだが、もしかしたら恐《おそ》ろしく寝付きが良いのかもしれない。

今さら引っ込みがつかず、どうしようかと迷っていると、彼はおもむろに口を開いた。

「……誰かな。全然わからない」

さらりと言われ、ミレーユは目を瞠《みは》った。

「え……、わからないの？」

「はい。見当もつきません」

ガーン、と頭の中で鐘《かね》が鳴った。ミレーユは呆然《ぼうぜん》としてリヒャルトを見下ろした。フレッドほどではなくても、それなりに親しくしていたつもりだったのに。声だけでは誰なのか認識《にんしき》もしてもらえないとは。

(そっか……。あたしってリヒャルトの中じゃ、あんまり重要人物じゃないんだ。仲良くしてくれてると思ってたのは勘違《かんちが》いだったのね。そっかそっか……ははは……)

ひそかに落ち込みつつ、このままそっと立ち去ろうとしたとき、彼は目を覆《おお》っているミレーユの手をつかんだ。

「わからないので、顔を見せてください」

そのままぐい、と引っ張られる。椅子の背にぶつかりそうになるのを避《さ》けようとして、リヒャルトの腕《うで》に誘導《ゆうどう》されるがままよろめくように彼の前に出た。

足をもつれさせるミレーユを抱《だ》き止めたリヒャルトは、いつもの笑顔《えがお》を浮《う》かべていた。

「ああ、ミレーユですか。おはようございます」

「お、おはよう……って、なんで知らないふりするの⁉」

爽《さわ》やかに挨拶《あいさつ》されたが、明らかに最初から気づいていた顔だ。引っかけられたとわかって目をつりあげるミレーユを、リヒャルトはおかしそうに笑いながら見上げてくる。

「すみません。ちょっと趣向《しゅこう》を変えて朝の挨拶をしたかったので」

「変えなくていいのよそんなのはっ。ひとりで落ち込んだりして、あたし馬鹿《ばか》みたいじゃ……、何よこの体勢‼」

ようやく自分がどこにいるのかに気づいて、ミレーユは思わず叫《さけ》んだ。

いつもと違って目線が高くないと思ったら、なんとリヒャルトの膝《ひざ》の上に横向きに座っている。引き寄せられた時に勢い余って尻餅《しりもち》をついたのはわかっていたが、とんでもない場所に着地していたらしい。

「他《ほか》に座るところがないから」

「だからって何で膝の上⁉」

「しょうがないですよ。椅子はこれしかないですし」

当然のように笑顔で言われたが、まったくもってそういう問題ではない。

「あ、あたし、立ってるから大丈夫《だいじょうぶ》……」

ミレーユは動揺《どうよう》しながら立ち上がろうとしたが、やんわりと腕をつかまれ引き戻された。

「そんなの、足が疲《つか》れるでしょう」

「じゃあ、床《ゆか》に座るっ」

「床は冷たいからだめです」

「平気よ、冷たいところ大好きだし！」

ことごとく意見を却下《きゃっか》されながらも立ち上がろうともがくが、リヒャルトはそんなミレーユの腕をつかまえて繰《く》り返した。

「だめですよ」

「な……、さっきからだめだめって、どうしてだめなの」

「どうしてって……」

さりげなくミレーユの手をとり、リヒャルトは微笑《ほほえ》んで続けた。

「近くで顔を見て話したいから」

「……いや、ちょ、ちょっと待って——」

朝っぱらからいつにも増してすごい天然言動だ。顔ならいくらでも見てもらってかまわないが、いくらなんでもこれは近すぎではないだろうか。腕の中に閉じこめられて逃《に》げようにも逃げられず、おかげで頬が熱くなるのを止められない。

どうにか距離《きょり》を開けようとあたふたしながら入り口へと目をやると、フレッドがひらひら手を振《ふ》って扉を閉めたところだった。どうやら見なかったことにしてくれるらしい。

「——そんなに嫌《いや》ですか？」

苦笑《くしょう》気味に訊ねられ、ミレーユは返事に詰《つ》まった。

嫌かと言われるとそうでもない。近すぎて居たたまれないというのが一番近い感情だが、そんなことを口にしたら意識しすぎだと笑われそうで言えなかった。

「……だって、重くない？」

「全然」

「………だったら、いいけど」

赤くなったまま、ぼそぼそと答える。なぜ朝食前のこんな時間から、こんなにも心臓に負担をかけられなければならないのか。しかも慌《あわ》てているのは自分だけで相手は涼《すず》しい顔をしているなんて納得《なっとく》がいかない。

「――こんなところで何してたの？」

気を紛《まぎ》らわそうと訊ねると、リヒャルトは微笑んで答えた。

「少し仮眠《かみん》をとろうと思ったんですが、目が冴《さ》えてしまって」

「仮眠って……もしかして昨夜《ゆうべ》寝てないの？」

「ええ……、まあ」

急に彼は目をそらした。触《ふ》れられたくない話題らしい。その反応を見て、ミレーユははっと息をのんだ。

「まさか、朝まで飲んでたの？　ずるいわよ！　どうしてあたしが起きてるときに飲まないのよ。リヒャルトが酔《よ》っぱらったところ見たかったのに」

「昨夜も飲んでましたよ。でもあなたも相当酔ってたから、気づかなかっただけです」

「え……？　あたし、何か変なことした？」

あまり酒で失敗したことはないが、言い方に引っかかりを感じて訊《き》いてみると、リヒャルトは思い出すように少し黙《だま》ってから答えた。

「皆《みんな》と肩《かた》を組んで合唱したり、おんぶしろと要求しながら俺に突進《とっしん》してきたりしました」

「は？　――何それ!?」

「仕方ないので、やりましたけどね。そのまま寝てしまったので、ジュリア様に頼《たの》まれて寝台《しんだい》に運びました」

その状況《じょうきょう》を想像したミレーユは思わず叫びそうになった。十七にもなってそんな色気のない酔い方をしてしまったなんて。いや、色気云々《うんぬん》を抜《ぬ》きにしても恥《は》ずかしすぎる醜態《しゅうたい》だ。

「違うわ、それあたしじゃない！　あたしに似た別の人よ！」

「いや、間違いなくあなたでしたよ」

苦しい言い訳が通じるはずもなく、ミレーユは赤面した。消え入りそうな声で弁解する。

「ごめんね……。いつもはそんな酔い方しないのよ。昨日はちょっと浮かれてたから……」

「ええ。家族そろっての誕生日が嬉《うれ》しかったんですね」

図星を指され、驚《おどろ》いて顔をあげた。単純な性格であることは自覚しているが内面を指摘《してき》されるとさすがにどきりとする。

(……ていうかあたし、もしかして無神経なことしたんじゃ……？　リヒャルトは家族を亡《な》くしてるのに、ひとりで浮かれたりなんかして)

彼の心情を思って、ミレーユはひそかにうろたえた。謝ったほうがいいだろうか。しかしそれもかえって傷つけてしまうような気がする。

「俺の家族のことは気にしないでください」

まさに今考えていたことをリヒャルトが急に言ったので、ミレーユは目を瞠って彼を見つめた。まるで心の中をのぞかれているかのように、考えていることを当てられっぱなしだ。

「……どうしてあたしの考えてること、わかるの？」

おそるおそる聞き返すと、彼ははぐらかすように笑った。

「どうしてでしょうね」

「そんなに顔に出てる？」

「ええ。——このへんに」

手がのびてきて、頬《ほお》にひやりとした感触《かんしょく》が当たる。

その冷たさにミレーユはかすかに身をすくめた。思わず頬に触れているリヒャルトの指にさわる。

「手、冷たい……」

「……」

何も言わず、彼はミレーユの指を逆にからめとった。戸惑《とまど》って見つめ返すミレーユに微笑を返し、指先をやわらかくなぞるように握《にぎ》る。

「最近気づいたんですよ。あなたが楽しそうにしてると、俺も幸せを感じるので……、だからつい見つめたくなるんです」

指先をそのまま自分の頬に持って行く。それから少し笑った。

「本当だ。冷たいですね」

つないだままの手を目で追ったミレーユは、その笑顔《えがお》に思わず見惚《みと》れた。こんな顔をして笑う人だっただろうかと、なんだか新鮮《しんせん》な感情がわきあがる。

視線に気づいたリヒャルトが笑うのをやめて見つめ返してくる。

「……触れてもいいですか」

え？　とミレーユは首をかしげた。

「さっきからずっとさわってるでしょ」

「そうじゃなくて……唇《くちびる》で」

言われた意味がすぐにはわからず、ミレーユは沈黙《ちんもく》した。そして意味を理解するとますますわけがわからなくなった。

なぜか昨夜の庭での出来事を思い出してしまい、自然と頬が熱くなってくる。思えば昨夜も彼はおかしかった。いつもの数十倍ほども動揺させるような言動を連発して——。

「心配しなくても、指にしか触れませんから」

「そういう問題じゃな……、いや、そういう問題だけどっ」

「ただの朝の挨拶《あいさつ》ですよ」

「わ、わかってる……けど……」

下心の有無《うむ》を疑うのが申し訳なく思えてくるほどの爽《さわ》やかな顔なのだ。それでもつい腰《こし》が引けてしまうのは、やはりどこか彼の態度が変わったように感じるからだろうか。

つかまれた指がリヒャルトの唇に近づく。触れる瞬間《しゅんかん》を見ていられなくて、ミレーユは思わずぎゅっと目をつむった。

「………？」

しばらく経《た》っても指には何も触れなかった。

不思議に思って目を開けると、リヒャルトが窓のほうを見たまま硬直《こうちょく》している。何事かと振り返ったミレーユは、窓の外――バルコニーから部屋の中をのぞきこんでいる人影《ひとかげ》を見つけて目を丸くした。

「パパ？　そんなところで何してるの？」

すさまじい形相でこちらを凝視《ぎょうし》していたのはエドゥアルトだった。ガラス扉《とびら》を開けた彼は、目にした光景がよほど衝撃《しょうげき》的だったのかあちこちぶつかりながらよろけるように入ってくる。

「きみたち……。朝ご飯も食べずに、何をやっているんだい……」

低い声で問われ、ミレーユは食堂に行く途中《とちゅう》だったことをようやく思い出した。同時に自分の現在位置も思い出し、慌てるあまり手と首をぶんぶんと振る。

「あ、ち、違《ちが》うわよ、これはただ朝の挨拶をしてただけなの。ちょっと趣向《しゅこう》を変えてみようかってことになって……。ねっ、リヒャルト」

リヒャルトはうなずこうとしたが、殺意の視線を感じて言葉に詰まった。さすがにこんな現場を見られては言い訳のしようがない。自分の間の悪さがつくづく呪《のろ》わしくなる。

「リヒャルト……。きみは女性を膝《ひざ》の上に乗せて腰を抱《だ》いたあげく、手をつないで指に口づけまでしないと朝の挨拶もできないような子だったのかい……」

蒼白《そうはく》な顔に不気味な笑《え》みをはりつけ、エドゥアルトはぎらぎらとリヒャルトを見つめている。

「私の娘《むすめ》にそんな破廉恥《はれんち》な行為《こうい》をするとは、まったく良い度胸をしているじゃないか。昨夜一晩あれほど言って聞かせたというのに、お説教が足りなかったようだね……」

「パパったら、変な言い方しないでよ！　あたしたちはただ朝の挨拶をしてただけだって言ってるでしょ！」

「……エドゥアルト様、これはけっして不埒《ふらち》な気持ちでやったことでは――」

「黙りたまえ！　昨夜だって、きみはミレーユを寝台に連れ込んで襲《おそ》おうとしていたじゃないか！」

「は⁉」

それまで必死に挨拶だということを主張していたミレーユは、父の言葉に目をむいた。意を決した弁解をくじかれ、リヒャルトは少し焦《あせ》ったように否定する。

「いえ、ですからあれは、ちょっと間が悪かっただけで」

「何の間《ま》だ⁉　私はこの目でしっかりと見たんだぞ。ミレーユを寝台に横たえたあと、きみはいつまでたっても身体《からだ》を起こさなかったじゃないか！」

「なっ……！」

ミレーユの顔が引きつるのを見て、リヒャルトは慌《あわ》てた顔になった。

「違います、誤解です。袖口《そでぐち》の釦《ボタン》にあなたの髪《かみ》がからまってしまって、それを解こうとしていただけで……」

「そんなに都合良く髪がからまるわけがないだろう!!　まったく油断も隙《すき》もありはしない、きみのような男を世間ではむっつり助平《すけべい》と言うんだ！」

「むっつり⁉」

エドゥアルトの叫《さけ》びに、ミレーユも愕然《がくぜん》となる。信じられないという視線を向けられ、リヒャルトはますます動揺《どうよう》した。むっつり呼ばわりされて心に傷を負っている場合ではない。

「エドゥアルト様、それはあんまりです。神に誓《ちか》って、不純な思惑《おもわく》あってやったことではありません。完全に誤解です」

「膝の上に乗せたままそんなことを言ってもまったく説得力がないぞ!!」

「………」

リヒャルトの動転と父の狂乱《きょうらん》の狭間《はざま》で、ミレーユは呆然《ぼうぜん》と黙り込んだ。

むっつり疑惑《ぎわく》に思わず白い目を向けてしまったが、少し冷静になって考えてみる。多少――いや、かなり天然ではあるが、少なくとも勝手に添《そ》い寝《ね》をしかけてくるような人よりは信用できるはずだ。何より彼は稀《まれ》に見るいい人なのだ。

――というわけで、リヒャルトの味方につくことにした。

「パパ、いい加減にしてよ！　リヒャルトがそんなことするわけないでしょ⁉　この目を見なさいよ、こんなに澄《す》んだ目をしてる人がそんな不埒なこと考えるわけないじゃない。リヒャルトはパパと違って紳士《しんし》なのよ。知らない間に寝台《しんだい》に潜《もぐ》り込んでくるような人とは違うの！　絶対にいやらしいことなんて考えない人なんだから。ねっ、リヒャルト」

「は……、……ははは……」

はいともいいえとも言えず、リヒャルトは乾《かわ》いた笑いでごまかした。ミレーユが彼の味方をすればするほど、向けられる殺気は増していく。

「とにかく離《はな》れなさいミレーユ、きみはだまされているんだ。爽やかな顔をしてこんなことをする男が一番危険なんだよ」

「それは偏見《へんけん》よ！　自分がそんなことばっかり考えてるから、そういう邪《よこしま》な目で見ちゃうのよ。ほんとに男ってすけべね。信じらんない。ねえリヒャルト」

「あの、もういいですから……」

「きみはいい加減にミレーユを解放したまえ！　いつまでそんな楽しい思いを自分だけ味わっているつもりなんだ！」

と、いよいよ収拾がつかなくなってきた室内に、コンコン！　と乾いた音が響《ひび》いた。

ふりむくと、いつからそこにいたのか、開け放した扉に拳《こぶし》を当てたままフレッドが三人を眺《なが》めている。

「お父上、婿《むこ》いびりしてる場合じゃないですよ。ちょっと困ったことに」

「婿じゃない！」

目を血走らせたエドゥアルトは、ふと表情をあらためた。

「どうしたんだい」

フレッドはため息まじりにつぶやいた。

「……招かざる客が来ちゃいました」


その紳士は応接間の長椅子《ながいす》にふんぞりかえって座っていた。

おそらく五十代の前半くらいか。恰幅《かっぷく》がよく、高価そうな衣服と装飾品《そうしょく》で身を固めているが、横柄《おうへい》な態度で侍女《じじょ》たちに何か命令しているその姿はあまり上品には思えなかった。

「……誰なの？」

遠目から窺《うかが》っていたミレーユは、隣《となり》で同じように観察しているフレッドを見やった。

「リゼランドのグレンデル公爵《こうしゃく》だよ。お父上の母方の遠い親戚《しんせき》なんだ」

「つまり、おばあさまの親戚ってことよね」

エドゥアルトの母、先代国王の第二王妃《おうひ》だったデルフィーヌは昨年の春に亡《な》くなったと聞いたことがある。他《ほか》に知っていることといえばリゼランド貴族の出身ということくらいだ。父も兄もあまりその話題に触《ふ》れたがらないので、未《いま》だにきちんと訊《たず》ねたことがなかった。

好ましい客ではないらしく、フレッドは珍《めずら》しくため息を連発している。

「あの人はちょっと厄介《やっかい》な人でね。他の人はともかく、あの人にだけは絶対にきみのことを知られたくないんだ。知ったらまた何をしでかすかわからないし」

「しでかすって、何を？」

「いろいろ面倒《めんどう》なことさ。とにかく、あの人と顔を合わせそうな事態になったらきみは全力で逃《に》げて。ぼくも気をつけて案内をするけど、もしもってこともあるし」

まじめな顔で言われ、ミレーユも神妙《しんみょう》にうなずいた。

「やっぱり、あたしの存在ってばれちゃったらまずいのよね」

「うん。今はね」

フレッドは気を取り直したように向き直った。

「とりあえずきみは、こっそり別邸《べってい》を出て。そうだな……、王宮へ行ってリディエンヌさまのところにでも匿《かくま》ってもらってて。あの方のところなら安心だろ？」

ミレーユは目の前の兄と応接室にいる公爵を見比べた。よからぬことが起こっているらしいのを察し、気になりつつも、とにかく言うとおりにしようとうなずく。

「わかったわ。グレンデルと名のつく人には死んでも近寄らないようにするから、安心して」

「いい子だ。じゃありヒャルト、悪いけど頼《たの》むよ。それからお父上も、伯父上《おじうえ》に見つからないように――」

振《ふ》り向いたフレッドは、きょろきょろとあたりを見回した。

「……あれ？」

ついさっきまで一緒《いっしょ》だったはずのふたりは、忽然《こつぜん》と姿を消していた。

その頃《ころ》、エドゥアルトに拉致《らち》されてしまったリヒャルトは、彼とふたりきりで重苦しい雰囲《ふんい》気《き》の中向かい合っていた。

「……きみは、ミレーユといつもあんなことをしているのかね」

重々しく訊ねられ、多少気まずい思いをしながらも断固として否定する。

「いえ、めっそうもない」

「本当かな……」

「神に誓って本当です」

疑いのまなざしで、エドゥアルトはさらに追及《ついきゅう》する。

「いろいろ妄想《もうそう》しているんじゃないだろうね？　ミレーユを幼妻《おさな》にしてみたりとか」

「幼妻……」

真顔でつぶやいてリヒャルトは黙《だま》り込む。それまで冷静を努めていたエドゥアルトは途端《とたん》にいきりたった。

「なぜそこで黙る!?」

「あ、いえ、申し訳ありませ――」

「やっぱりそうなんだな!?　私の娘《むすめ》を肴《さかな》にして、あれこれと妄想の世界で楽しんでいるんだろう！」

「いえ……。努力はしてみましたが、想像できませんでした」

「やってみたのかっ。何をぬけぬけと……」

取り乱しかけたエドゥアルトは、はたと言葉をのんでリヒャルトを見た。

「本当です。俺には想像できない世界ですから」

リヒャルトは躊躇《ためら》うような顔でくりかえす。エドゥアルトは急に毒気を抜《ぬ》かれたように、今度はどこかうろたえがちに口を開いた。

「……いや、ほんのちょっぴりなら、妄想してみてもいいんだよ？　もう少し頑張《がんば》って想像力を働かせてみてはどうだい。たとえばほら、きみが仕事から帰ってきたらミレーユが出迎《でむか》えてくれて、『ご飯にする？　お風呂《ふろ》にする？　それとも、わ・た・し？』みたいな……」

「……」

リヒャルトは再び黙り込み、悩《なや》んだような顔をして答えた。

「すみません。やっぱり無理です。情景がまったく思い浮《う》かびません」

「若者がそんなに簡単に諦《あきら》めちゃいけない。私を見なさい、下町で暮らしたことはないが、ジュリアとの楽しい生活で頭の中はいっぱいなんだよ？　人間やろうと思えば何だって妄想できるはずだ。ほら、やってみて――」

「エドゥアルト様」

お説教から一転、なぜか助言をはじめたエドゥアルトを、リヒャルトはあらたまった顔で見返した。

「ご心配なさらないでください。エドゥアルト様を裏切るような真似《まね》はしません」

「……いや……あの」

「では、行ってまいります」

名を呼ぶ声が聞こえ、リヒャルトは一礼して踵《きびす》を返した。呼び止めようと手を伸《の》ばしたまま、エドゥアルトは結局何も言えずその後ろ姿を見送った。

「――なに若者いびりしてんの」

ふいに背後で冷たい声が聞こえ、エドゥアルトは振り向いた。

腕《うで》まくりをして荷物をかかえたジュリアが立っている。昨夜の美しい貴婦人姿ではなくいつもパン屋で働いているときの恰好《かっこう》だ。

「ジュリア？　そんな恰好で、一体どこに行くんだい」

嫌《いや》な予感を覚えておそるおそる訊ねると、ジュリアは当然のように答えた。

「誕生会も終わったし、お客さんが来てるみたいだし、もう帰るわ。お世話になりました」

「え⁉　ちょっと待って、まだ昨日来たばかりじゃないか」

グレンデル公爵に会わせたくない事情はあるものの、これから存分にジュリアを接待しようとあれこれ企画《きかく》を考えていたエドゥアルトは大いに焦《あせ》った。しかしそんな彼の内心など知るはずもなく、ジュリアはさっぱりした顔で荷物の点検をしている。

「えーと、忘れ物はなし、と。父さーん、帰りましょ」

「待ってくれジュリア、わ、忘れ物というか、私との思い出作りはっ」

「あ、筋肉青年たちにお別れしてこなきゃ。それが済んだらもう何ひとつ思い残すことはないわね」

「待ってえぇぇ――――!!」

中庭で朝の筋肉体操中の騎士《きし》たちのもとへと赴《おもむ》くジュリアを、エドゥアルトは今日も涙目《なみだめ》で追いかけたのだった。


あとから馬車に乗り込んできたリヒャルトは、少し元気がないように見えた。きっと父から散々に言われて落ち込んでいるのだろう。そう思ったミレーユはおずおずと口を開いた。

「ごめんね。パパも悪い人じゃないのよ。ちょっと親ばかが過ぎるだけなの。むっつりとか言われてたけど、真に受けることないわよ。そんなに落ち込まないで」

リヒャルトは一瞬《いっしゅん》きょとんとしたような顔をしたが、先程《さきほど》のことを思い出したのか微笑《ほほえ》んだ。

「落ち込んでませんよ。考え事をしていただけです」

「ならいいけど……。あの、あたしはちゃんとわかってるから。リヒャルトにそんな下心なんかないってことくらい」

「……………それは、ありがとう」

なんとか笑《え》みを持続して答え、リヒャルトはひそかにため息をついた。やっぱり少し落ち込みたくなったが、そこは口に出さずにおくことにした。

そんな彼の様子を見て、ミレーユは遠慮《えんりょ》がちに言った。

「あたしのせいでパパにいじめられてるのに、こんなこと言うのって厚かましいとは思うんだけど……、パパのこと、できれば嫌《きら》わないでくれる？」

お坊《ぼっ》ちゃま育ちのせいか、娘の目から見ても父はどこか頼《たよ》りない。兄もいざという時に頼れるかというといささか疑問だし、リヒャルトのようにしっかりした人が親しくしていてくれると非常に心強いのだ。なるべくなら愛想《あいそ》を尽《つ》かさないでやってほしい。

「そんな心配しなくても、エドゥアルト様のことは大好きですよ。子どもの頃からお世話になっていますし、ずっと変わらず尊敬しています」

「本当？」

「ええ。昔はフレッドに嫉妬《しっと》したこともあったくらいです」

笑って答えたリヒャルトをミレーユは目を丸くして見つめた。嫌わないでとお願いしておきながら何だが、そこまで好きと言われると不可思議さが先に来る。

理解できずに黙り込むと、リヒャルトはふと窓の外に目をやって思い出したように続けた。

「王宮に行く前に、寄り道をしてもいいですか。注文していたものを回収していきたいので」

「仕事の道具か何か？」

「いや……、あなたがアルテマリスに来たら渡《わた》そうと思って、いろいろお菓子《かし》を注文してたんですよ。でも忙《いそが》しくてなかなか取りに行けなくて」

「えっ」

ミレーユは目を瞠《みは》った。笑みを返され、思わず頬《ほお》が上気する。

「で、でも、そんな、悪いわ。リヒャルトが稼《かせ》いだお給料でそんなに買ってもらうなんて。昨日だって、あんなに高そうな耳飾《みみかざ》りまでもらったのに」

かなりお菓子に心が傾《かたむ》いたが、慣れない事態に嬉《うれ》しさと同じくらい申し訳なさがこみあげてくる。するとリヒャルトは少し決まり悪そうに目をそらした。

「……実は、あの耳飾りは人からもらったものなんです。ずっと昔になくしてしまったんですが、最近手元に戻《もど》ってきて……。もらいものを贈《おく》ったなんて言ったら気を悪くするかと思って黙っていましたが」

「そうなの？　そんなの全然気にしないけど……。ていうか、もしかして大事なものだったんじゃない？　手元に置いてたほうがよかったんじゃ」

「いえ……あなたに持っていて欲しいから」

目線を戻し、微笑んで続ける。

「それに、あなたにお菓子を食べさせるのは俺の趣味《しゅみ》なんです」

「……そうだったの？」

「ええ。ここしばらくやってないので、鬱屈《うっくつ》がたまって……」

物憂《ものう》げにため息をつくので、ミレーユは少し焦って身を乗り出した。

「わかった、ありがたくいただくわ。思う存分、好きなだけ食べさせてくれていいわよ。あたしの胃袋《いぶくろ》のことは心配しなくても大丈夫《だいじょうぶ》だから」

「そうですか。それはよかった」

張り切って意気込みを語るミレーユを、リヒャルトは楽しげに見つめて答えた。


目的地につくと、リヒャルトはひとりで馬車を降り、車内のミレーユを振《ふ》り返った。

「ここで待っていてください。何軒《けん》か回ってくるので」

「あ、あたしも行く」

「いや、外は寒いから」

そう言うと、彼は有無《うむ》を言わせぬ笑顔《えがお》で扉《とびら》を閉めた。身を翻《ひるがえ》して人混《ひとご》みへと入っていくのを窓越《ご》しに見送ったミレーユは、ひそかにがっかりして肩《かた》を落とした。

（あたしも一緒《いっしょ》に行きたかったのに……）

グリンヒルデの十一月といえば、すでに真冬といってもいい季節だ。寒いからと気を遣《つか》ってくれたのはわかるし、人通りが多いのではぐれたりする可能性を心配してああ言ってくれたのだろうとは思う。

だが、リヒャルトとふたりで買い物をする機会なんてそうそうあるものではない。これまではお互《たが》いフレッドに面倒《めんどう》を押しつけられてきたせいで、こういう私的な付き合いはほとんど出来なかったのだ。だから一緒にくっついて菓子屋へ行ってみたかったのに、心配性《しんぱいしょう》な彼はそんなことすら許してくれない。

（リヒャルトって、フレッドよりよっぽどお兄ちゃんぽいのよね……）

だからこそ信頼《しんらい》しているのだが、あまり大事に扱《あつか》われると何か妙《みょう》な気分になってしまう。嬉しいような居心地《いごこち》が悪いような、他《ほか》の男性といる時には味わえない不思議な感覚だ。彼のようにあれこれ心配して大事にしてくれる人がこれまで周りにいなかったせいだろうか。

（……ん？）

車窓から街ゆく人々を眺《なが》めていたミレーユは、ふと街角に目をとめた。

立ち並ぶ商店のひとつから出てきた若い女性が、ぼんやりとした足取りで歩いていく。何やらひどく落ち込んだような顔をして、噴水《ふんすい》の石段に頼りなく腰《こし》を下ろした。

彼女が出てきた店をあらためて見てみる。青い屋根のそこは、店先にぶら下がった看板からして絵の具などの画材を売っている店のようだ。

気になったのは、彼女がおよそそういった店とは無縁《むえん》の階級の人間に見えたからだった。外套《がいとう》とフードで隠《かく》しているが、裾《すそ》から見える鮮《あざ》やかな黄色のドレスは明らかに上流階級の娘《むすめ》が身につけるものだ。わずかにのぞく銀色の髪《かみ》も、色白の小さな顔も、遠目からでも美しさがはっきりとわかるほどである。

（良家のお嬢様《じょうさま》みたいだけど……。あんなところにひとりでいたら危ないわ。迷子にでもなっちゃったのかしら）

悪い意味で目立ちすぎだ。もし面倒ごとに巻き込まれでもしたら、深窓の令嬢《れいじょう》では対応できないだろう。

お節介《せっかい》を承知で声をかけてみようかとやきもきしていると、男がふたり、彼女に近づいていくのが見えた。

品行方正とはお世辞にも言えない風体《ふうてい》の連中だ。しきりと話しかけているが、彼女のほうは冷たく無視を決め込んでいる。それに痺《しび》れを切らした男たちは無理やり彼女の腕《うで》をつかんだ。

（あっ……）

案の定の展開だ。令嬢は強気に抵抗《ていこう》しているが、顔色は目に見えて青ざめていた。強引《ごういん》にどこかへ連れていこうとしているのを見て、ミレーユはたまらず馬車を飛び出した。

「お嬢さんっ？　どこへ！」

御者《ぎょしゃ》のヨハンが慌《あわ》てたように呼び止める。駆《か》け出そうとしたミレーユはふと思いついて振り返り、御者席にあった木刀をつかんだ。怪盗《かいとう》ランスロットに襲《おそ》われて以来、ヨハンが護身用に持ち歩いているものだ。

「ヨハン、ちょっと貸してね！」

「なっ、何するつもりっすか！」

恐《おそ》ろしげな彼の叫《さけ》びを背に、ミレーユは木刀を手にして人混みへ突入《とつにゅう》した。

件《くだん》の連中は令嬢を引っ張るようにして小さな路地へ入っていく。叫び声が遠くにいるミレーユのところにもかすかに聞こえてきた。

「離《はな》してちょうだい、汚《けが》らわしい！　こんなことをして、ただで済むと思っているのっ」

華奢《きゃしゃ》な身体《からだ》をよじって懸命《けんめい》に令嬢は抵抗しているが、男ふたりが相手では敵《かな》うわけもない。

「女だと思って甘く見ていたら痛い目に遭《あ》うわよ！　嚙《か》みついてやるから覚えてなさいっ！」

「そりゃあぜひ嚙みつかれたいねぇ」

下品な笑い声が路地に響《ひび》く。人混みを抜《ぬ》け、なんとか追いついたミレーユはその背中に向かって怒鳴《どな》りつけた。

「待てっ！」

一行が驚《おどろ》いたように振り返る。そのとき初めてミレーユは、路地の先に彼らの仲間らしい一団が待っていたことに気がついた。ざっと数えてみただけでも十人近い。

こんなに大勢の相手に喧嘩《けんか》をふっかけたのは久しぶりだ。木刀を握《にぎ》りしめ、気合いを入れ直して男たちを見据《みす》える。

「その人をどこへ連れていくつもり？　あんたらの連れじゃないでしょ。手を離しなさいよ！」

男たちは面食《めんく》らった顔でミレーユを見たが、やがてにやにやと笑みを浮《う》かべた。

「可愛《かわい》い顔して勇ましいじゃねえか。あんたも一緒に来るかい？　歓迎《かんげい》するぜ」

「いいから、とにかくその人を離せって言ってんのよ」

「ああ、わかったよ。美人ならどっちでもいいや」

令嬢の腕をつかんでいた片方の男が近づいてきて、手を伸《の》ばしてくる。じろっとにらみつけたミレーユは、思い切り手をふりかぶってその横っ面《つら》を張り飛ばした。

バチーンと派手な音が響き渡り、張り手をくらった男があまりの勢いに尻餅《しりもち》をつく。それを唖然《あぜん》と見ていたもうひとりの男に向かって、今度は木刀を振りかぶった。

「うわぁぁっ」

悲鳴をあげて後退《あとずさ》った男は、振り下ろされた木刀を間一髪《かんいっぱつ》で避《さ》けた。しかし勢い余ってこちらも尻餅をつく。

「ちっ……すばしっこいわね」

仕留め損ねて舌打ちするミレーユを、男たちは信じられないという目で凝視《ぎょうし》する。それにかまわず、ミレーユは立ち竦《すく》んでいる令嬢の手を引いた。

「さ、今のうちに早く逃《に》げて」

呆然《ぼうぜん》と成り行きを見ていた彼女は、はっとしたように顔をあげた。フードがはずれ、露《あら》わになった銀髪がさらりと肩にこぼれる。

抜けるように色の白い、美しい少女だった。おそらくミレーユと同年代だろうが、一瞬《いっしゅん》たじろぐほどに艶《つや》やかな雰囲気《ふんいき》をまとっている。灰色の瞳《ひとみ》は少し冷たそうで、そこが余計に男の目を引きそうな、危《あや》うい魅力《みりょく》をかもしだしていた。

彼女は呆気《あっけ》にとられたようにミレーユを見つめている。見た目だけなら一応女性の恰好《かっこう》をしているので、いきなり突入してきて木刀を振り回したりしたのを驚いているのかもしれない。

「通りへ出たらベルンハルト公爵家の馬車が停《と》まってるから、御者に言って匿《かくま》ってもらって。

ミレーユの友達だって言えば通じますから」

恐ろしくて足が竦んでいるのかと思い、安心させようとそう言うと、彼女はますます驚いた顔でミレーユを穴の開くほど見つめてきた。

「さあ、早く」

重ねてうながすミレーユの背後に、男がすばやく回り込む。しつこく腕をつかもうとするのをさっとかわし、気合いをこめて肘《ひじ》を打ち込んだ。

「ふんッ！」

「ぐぅっ」

鳩尾《みぞおち》に強烈《きょうれつ》な肘鉄をくらった男はよろけるように後退る。男たちは、目の前にいる娘が自分たちの常識からはずれた気性《きしょう》をしていることにようやく気づいたが、時すでに遅《おそ》かった。

「てめえ、何しやがる！」

「はあ？　何って、か弱い女の子を集団で攫《さら》おうとした報《むく》いに決まってるじゃないの。これ以上ガタガタぬかすなら、もっとすごい報いを与《あた》えてやってもいいのよ！」

「ふざけんじゃねえぞ！」

「黙《だま》りなさい、この悪党どもが！」

顔を赤くして向かってきた男たちに、思い切り木刀を振《ふ》り回す。何人かに当たったらしくいくつか悲鳴があがったが、ミレーユは躊躇《ためら》わなかった。悪党には容赦《ようしゃ》しない、制裁あるのみだ。

何しろ相手はかよわい少女を拉致《らち》しようとした極悪《ごくあく》人どもなのだから。

「このクソ女……っ！」

振り上げた木刀を後ろからつかまれ、ミレーユははっとして振り返る。しかし一瞬遅《おそ》く、思い切り引っ張られて後ろ向きに転がった。

体勢を立て直す間もなく、罵声《ばせい》とともに木刀が振り下ろされる。思わず目をつむったが、痛みも衝撃《しょうげき》も訪《おとず》れる前に、ばしっという乾《かわ》いた音が耳を打った。

「——女性に暴力をふるうとは、卑劣《ひれつ》な真似《まね》を」

続いて聞こえた険しい声は聞き覚えのあるものだった。

驚いて顔をあげると、思ったとおりそこにいたのはリヒャルトだ。振り下ろされたはずの木刀は彼の手が阻止《そし》してくれている。菓子《かし》屋の袋《ふくろ》を持っていないのを見ると、一旦《いったん》馬車に戻《もど》ってヨハンに事情を聞いて駆けつけてくれたようだ。

つかんだ木刀を離すと、彼はそのまま相手を問答無用で殴《なぐ》り倒《たお》した。よほどの威力《いりょく》だったのか、相手は吹《ふ》っ飛ぶように地面に転がる。

「この野郎《やろう》！」

わめきながら背後から殴りかかった男の攻撃《こうげき》を避け、相手の腕と胸倉《むなぐら》をつかんで投げ飛ばす。固まっていた男たちは飛んできた仲間に巻き込まれて総崩《そうくず》れになった。

（おおっ！）

ミレーユは座り込んだまま固唾《かたず》をのんで身を乗り出した。顔に似合わず武闘派《ぶとうは》なリヒャルトに釘付《くぎづ》けになっていると、逃げ出した男たちを見届けた彼が血相を変えて戻ってきた。

「怪我《けが》は⁉」

「え？　あ、ええ、大丈夫《だいじょうぶ》……。ていうかリヒャルトすごい！　なんでそんなに喧嘩強いの？　今の技《わざ》、どうやったの」

頰《ほお》を上気させて訊《たず》ねるミレーユに、リヒャルトは面食らったように絶句した。信じられないといった目をして見つめてきた彼は、しかしすぐさま怖《こわ》い顔になる。

「感心してる場合じゃないでしょう。何がどうなったら、あんな大勢の男相手に喧嘩を売るような流れになるんです？」

「女の子を無理やり連れて行こうとしてたのよ。放っておけないじゃない」

「そういう時は自分で行かずに俺を呼んでください。何のために一緒《いっしょ》にいるかわからないでしょう」

「でもリヒャルト、お菓子を買いに行ってたし……」

「お菓子とあなたと、どっちが大事だと思ってるんですか」

「だって」

ミレーユにとっては食い気を抜きにしても少女を助けるほうが大事に思えたのだ。第一、どの店に行ったのかもわからないのに、あの状況《じょうきょう》で悠長《ゆうちょう》にリヒャルトを捜《さが》してなどいられるわけがない。それにあれくらいの喧嘩なら何度か経験もある――。

そう反論しようと口を開きかけたが、彼の手が赤くなっているのを見つけたらさすがに反省せずにはいられなかった。人助けのために首を突《つ》っ込んでおきながら逆に助けられてしまったことが情けなく、怪我をさせてしまったのが申し訳なくて、覇気《はき》はみるみるしぼんでいく。

「ごめんなさい……」

ため息まじりに、リヒャルトはミレーユの頬にかかった髪《かみ》をすくった。

「あなたのような人は、どこかに閉じこめて鍵《かぎ》をかけておかないとだめですね。目を離すとすぐにどこかへ行ってしまう」

「あの……、手、早く冷やさなきゃ」

おずおずとした指摘《してき》でようやく手の腫《は》れに気づいたらしく、彼はそれをちらりと見た。

「こんなものは放っておけばそのうち治りますが、もしあなたに何かあったら精神的に多大な痛手を受けるので、もう無茶をするのはやめてください」

「……はい……」

お説教に逆らえるはずもなく、道端《みちばた》に座ったままミレーユは小さくなってうなずく。もう一度ため息をついてリヒャルトは手を差し伸べた。

「立てますか？」

のぞきこんできた顔は思いのほか青白かった。寒さのせいだけでないのは、その瞳を見ればわかる。よほど心配をかけたのだろうと思い、ミレーユは胸の奥が疼《うず》くのを感じた。

「うん……」

うなずいて、つかまろうと手を伸ばした時だった。

「怖かったわ！」

甘ったるい声がふたりの世界を破った。どん、と誰かに体当たりされ、立ち上がりかけたミレーユは再び地面に転がった。

見れば、さきほどまで青い顔をして立ちすくんでいた彼女が目をうるうるさせてリヒャルトに抱《だ》きついている。表情も雰囲気もがらりと一変しているのをミレーユは唖然として見上げた。

不意を突かれて一歩後退ったリヒャルトが、すぐに冷静な表情になって彼女を見下ろす。

「お怪我はありませんか？」

「ええ、大丈夫。あなたが助けてくださったから」

「ご無事で何よりです」

「でもね、あたくしとっても困っていますの。あなた、その制服、白百合騎士《しらゆりきし》団の方ね。あたくしのお願いを聞いてくださらないかしら？」

潤《うる》んだ瞳で彼女はリヒャルトを見上げる。普通《ふつう》の男性ならばそれだけで虜《とりこ》になってしまいそうなくらい、儚《はかな》げで艶やかな絶妙《ぜつみょう》の表情だ。

「私でお役にたてることなら、喜んで」

特に心を動かされた様子もなく対応しながら、リヒャルトはあらためてミレーユの手を引いて起こしてくれる。それから、ふと抱きついたままの彼女を見つめた。

「……失礼ですが、もしやシャルロット・ド・グレンデル公爵令嬢《こうしゃくれいじょう》では」

ミレーユは目を丸くしてふたりを見比べた。リヒャルトの知り合いらしいことも驚《おどろ》きだが、グレンデル公爵という名は今朝聞いたばかりの要注意人物の名ではなかっただろうか。

シャルロットと呼ばれた彼女のほうも、驚いたように目を見開いた。

「あたくしのことをご存じなの？　あら、そういえば見覚えのあるお顔……」

「モーリッツ城で一度お会いしました。白百合騎士団のリヒャルト・ラドフォードと申します」

「ああ！　フレッドの副官の方ね」

思いがけず兄の名前が出てきて、やりとりを見守っていたミレーユはさらに驚いた。

（フレッドの知り合い？）

思わず口をはさもうとしたら、シャルロットと目が合った。

「じゃあ、やっぱりこれはフレッドなの？」

「へ？」

「えい」

言うなり彼女は手をのばし、ミレーユの胸をわしづかみにした。

「なっ……ひぎゃ――――っっ!!」

目をむいて絶叫《ぜっきょう》するミレーユをよそに、シャルロットは自分の掌《てのひら》をまじまじと見る。

「本物だわ。小さいけど」

「なにっ、な、なにすんっ」

あまりの衝撃的な出来事に卒倒《そっとう》しそうなミレーユを、リヒャルトは慌《あわ》てて支えた。それから少々呆気《あっけ》にとられた顔でシャルロットを見る。

「おひとりですか？　こんなところで一体何を」

「あら、たいしたことではありませんのよ。王宮へ行こうと思ったら迷ってしまって」

「公爵閣下はベルンハルト公爵家別邸《べってい》にいらっしゃいましたが」

「いいえ、父上とは別件ですの。ちょっとアルフレート殿下《でんか》にヤキを入れに来ただけですわ」

可愛《かわい》らしく小首を傾《かし》げてさらりと言い放ったシャルロットを、ふたりはまじまじと見つめた。

「……ヤキ？」

「あらいけない、あたくしったら口汚《くちぎたな》いことを。ごめんなさい、間違《まちが》えましたわ」

唇《くちびる》をおさえ、彼女は笑顔《えがお》で言い直した。

「あたくしを振ってまでリディを選んだくせに、懲《こ》りずに他《ほか》の女に粉をかけているあの浮気者《うわき》を、ちょっとボコりにまいりましたの」

「ボコ……!?」

過激な発言を連発する彼女に、ミレーユは度肝《どぎも》を抜《ぬ》かれて見つめた。

ジークやリディエンヌの名を出しているが、一体何者なのだろう。さっきまでと別人――というか、見た目と発言が全然一致《いっち》していない。

「リディからお手紙でいろいろうかがっておりますのよ。まだ正式に結婚《けっこん》もしていないうちから第二夫人だの第三夫人だのと……。リディがお可哀相《かわいそう》だわ。ぜひとも殿下と、殿下の愛人予定だというミレーユという令嬢に会って、ヤキを入れねばと思っておりますわ」

眉《まゆ》をひそめて言いながら、彼女は抱《かか》えていた荷物からおもむろに何かを取り出した。毛糸がぐるぐると表面に巻き付けられた、ちょっと不気味なぬいぐるみだ。それから思い出したように、急に自分の名前を出されて戸惑《とまど》っているミレーユへと目線を向ける。

「そういえば、あなたもミレーユさんとおっしゃるようですけれど……。奇遇《きぐう》だわ。ねえ――ミレーユ・ベルンハルト公爵令嬢?」

艶《つや》やかな笑《え》みを浮《う》かべたまま、彼女は手にしたぬいぐるみにいきなり拳《こぶし》をたたきこんだ。

「――――!?」

何事かと仰天《ぎょうてん》して見つめるミレーユに、シャルロットは何か恨《うら》みでもあるのかという勢いでぼすぼすとぬいぐるみに鉄拳《てっけん》をたたきこみ続けながら、あくまで優雅《ゆうが》に微笑《ほほえ》んだ。

「フレッドの身代わりとして活躍《かつやく》されているそうですわね。素敵《すてき》だわ。でもそれって、周りに知られたらとってもまずいことなのではないかしら。秘密をばらされたくなければ、もちろん王宮まで案内してくださるわよね? 嫌《いや》だとおっしゃるならボコボコにしてさしあげますわよ?」

くたり……、と息絶えたかのように、ぬいぐるみが首をたれる。

(な……)

美しい少女の意味不明かつ唐突《とうとつ》な凶行《きょうこう》に戦慄《せんりつ》を覚え、ミレーユは青ざめながらシャルロットを凝視《ぎょうし》した。

第二章　結成！　王宮乙女歌劇団

シャルロット・ド・グレンデルは、リゼランド王国の公爵令嬢である。

彼女の父方の祖母はミレーユとフレッドの祖母デルフィーヌと姉妹なので、その実家であるモントルイユ一族に連なる親戚《しんせき》同士ということになる。父親の公爵はかつて宮廷《きゅうてい》で文化大臣を務めたこともあるほどの、由緒正《ゆいしょただ》しい超《ちょう》名門のお嬢様だという。

そんな血筋と家柄《いえがら》に激しい疑問を抱きながら、ミレーユはあらためてシャルロット嬢と対面していた。

王宮まで案内させられたはいいが、役目は終わったとばかりに逃《に》げ出そうとしたところをすかさず捕獲《ほかく》されてしまったのだ。リディエンヌのまぶしい笑顔とシャルロットのどこか邪悪《じゃあく》さ漂《ただよ》う笑顔に勝てず、彼女たちのお茶会に同席する羽目になってしまった。

乙女お茶会は男子禁制だからとリヒャルトは閉め出されてしまったし、もし本当にヤキを入れられるような事態になったら自分で何とか対応しなければならない。どうしたものか。

「それでね、リディ。困っているあたくしを見かねて、こちらの方が親切に送ってくださって」

悶々《もんもん》と応戦準備に励むミレーユをよそに、シャルロットは笑顔で状況《じょうきょう》を説明している。

「本当にお優《やさ》しい方だわ。ご迷惑《めいわく》をおかけして、ごめんなさいね」

おっとりとした調子で言われ、ミレーユはぶるりと震《ふる》えた。脅迫《きょうはく》同然で案内させておいて、その態度は怖《こわ》すぎる。

「いえ、そんな、お構いなく……」

「いやだわ、そんな他人行儀《たにんぎょうぎ》な態度はおやめになって。あたくしたち親戚じゃありませんか」

シャルロットが悲しげに眉をひそめて言う。

「あたくしの父が、お宅にお邪魔《じゃま》しているはずよ。ご存じじゃありません？」

「ええ……知ってます……」

ミレーユは肩《かた》を落として答える。自分の運のなさに何だか泣けてきた。

（まずいわよ。グレンデル公爵には関《かか》わっちゃだめって言われてるのに、娘《むすめ》さんと知り合いになっちゃうなんて……。しかもジークの愛人候補とか勘違《かんちが》いされてるし）

ここへ来るまで散々否定したのだが彼女は信じていないようだった。とにかく王太子と直接会って文句をつけるの一点張りで、リヒャルトが仕方なく取り次ぎに向かっている。公爵もそうだが娘のほうも曲者《くせもの》という感じだ。平穏《へいおん》な日々を送るためにも彼女とはこれ以上関わり合いになるべきではない。

逃げ出す方法を考えていると、シャルロットがくすっと笑ってのぞきこんできた。

「なんだか警戒《けいかい》されているみたい。心配しなくても、取って食べたりしませんわよ？」

「……はあ」

綺麗《きれい》な顔をしてヤキだのボコるだの口走っていた人が言っても、はいそうですかと気を緩《ゆる》められるわけがない。

「ミレーユさま、大丈夫《だいじょうぶ》ですわ。シャロンは信頼《しんらい》のおける方です。わたくしが保証いたします」

リディエンヌに笑顔でとりなされ、少し意外な思いでミレーユは顔をあげた。

「こんなことを言ったら驚かれるかもしれませんけれど……、シャロンは殿下の元縁談《えんだん》相手なのです」

「あら、いやな思い出」

さほど嫌がっているふうでもなくシャルロットがつぶやく。そういえば彼女がそんなことを言っていたのを思い出し、ミレーユは驚いてふたりを見比べた。

「それってもしかして、例のあの事件に関係のある方ってことですか？」

思えば、ミレーユがはじめてアルテマリスに来るきっかけになった事件だ。

今年の春先、王太子アルフレートことジークと婚約《こんやく》間近だったリディエンヌが、その婚約に反対する貴族の一派に誘拐《ゆうかい》されるという事件が起こった。彼女を捜《さが》すためフレッドが画策した作戦にミレーユは強制的に参加させられたのだ。

あの時、敵の一派は、元の縁談相手を王太子妃《ひ》にするためリディエンヌの暗殺を目論《もくろ》んでいた。となるとその縁談相手だったというシャルロットも当然ながら関係者——それも反逆者の娘ということになるのだろうに、こんなところで当の王太子妃と仲良く茶を飲んでいてもいいのだろうか。

「ごめんなさいね、シャロン。でもミレーユさまもあの事件ではお辛《つら》い目に遭《あ》っていらっしゃるの。事情をお話ししなければお気の毒で……」

「あっ、そんな、いいですよ。もう全然気にしてませんから」

当のリディエンヌが一番辛い思いをしただろうに、気を遣《つか》われてしまってミレーユは焦《あせ》った。過ぎたことだし、彼女が無事に帰ってきたのだから今さら愚痴《ぐち》を言うつもりはない。

「あんな事件があって懲りたかと思えば、殿下はまだハーレムがどうのと言っていらっしゃるそうじゃない。こちらの方のことも欲しがっていらっしゃるのでしょう？」

「ええ。それはわたくしもぜひにとお願いしたのです」

微笑みながら請け合ったリディエンヌをミレーユは目を丸くして見つめた。彼女は頬《ほお》を染め、どこか夢見るまなざしになる。

「あの時、わたくしを助けにきてくださったミレーユさまの凛々《りり》しいお姿……。身を挺《てい》して庇《かば》ってくださった勇敢《ゆうかん》な背中……。これまでお会いしたどんな騎士《きし》よりも素敵でした」

「……リディエンヌさま？」

「それなのに本当は女の子だなんて！　まさしくこれは運命です。神様が与《あた》えてくださった奇《き》跡《せき》の出会いなのですわ。ですから、ミレーユさまにはぜひわたくしの――いえ殿下《でんか》の後宮に入っていただいて、末永く仲良くしていただきたいなって……。きゃっ、恥《は》ずかしいですわ」

「きゃ、って……」

頬を包んで何やら照れているリディエンヌに困惑《こんわく》していると、シャルロットが得心したようにうなずいた。

「それで彼女に執心《しゅうしん》なさっているというわけね。確かに、男役にしたら映《は》えそうですものね。フレッドと同じ顔だし、男装が似合いそうだもの」

「そうでしょう？　やっぱりシャロンならわかってくださると思っていましたわ」

「あの、何の話ですか？」

まったくついていけず双方《そうほう》を見比べると、リディエンヌが微笑んで答えた。

「ミレーユさまは、女王陛下の宮廷劇団をご存じですか？」

「ええ、話は聞いたことがあります。ご趣味《しゅみ》で舞台《ぶたい》に立っていらっしゃるって」

リゼランド女王が創設した宮廷劇団は彼女が集めた女性たちで構成されている。劇中でしょっちゅう男装するため、女王は長かった髪《かみ》を短くしてしまった。それが女性たちに受けて都の劇場街でも一時は男装の女優がもてはやされ、二枚目を気取る俳優たちがこぞって干されてしまったという逸話《いつわ》があるほどだ。ミレーユも観劇が趣味でよく劇場街に通っていたため、そのあたりの事情は耳にしていた。

「わたくしたち、その女王陛下の劇団に所属していましたの」

恥ずかしそうに打ち明けられ、ミレーユは目を丸くした。

「え？　舞台に立ってらっしゃったんですか？」

「自慢《じまん》じゃありませんが、二大人気姫《ひめ》役女優でしたわ。容姿が似ているものだから、同じ役を交互《こうご》に演じたりもしましたわね」

シャルロットが懐《なつ》かしそうに微笑《ほほえ》み、リディエンヌも楽しげにうなずく。

ミレーユは感心してふたりを見比べた。そういえばリディエンヌは以前、女王と夢を追っていたと言っていたが、もしやこのことだったのだろうか。

「ねえ、リディ。あなたを攫《さら》って行った王太子殿下は、リゼランド宮廷の全女性を敵に回しましたわよ。宮廷の華《はな》がひとつ欠けてしまって、陛下も寂《さび》しがっていらっしゃるわ」

「そう……。わたくしも陛下や皆様《みなさま》といつまでも夢を追い続けていたかったのですが、そういうわけにもいきません」

「リディ……」

寂しげに目を伏《ふ》せるリディエンヌの肩を、シャルロットはそっと抱《だ》く。

ジークをめぐって敵対する派閥《はばつ》に分かれていたはずのふたりなのに、とてもそうは見えなかった。少なくとも、見る限り彼女たちの間にそんな政治的なしがらみはまったく感じられない。

しんみりしてしまったので、ミレーユは何とか空気を変えようと口を開いた。

「えと……、そうだ、せっかく二大人気女優さんがそろったんですから、何かやってみたらどうですか？　おふたりで会われるのも久しぶりなんでしょう？　あたしも、出来ることがあれば手伝いますし」

関わらないようにしようという誓《ちか》いはすっかり頭から抜《ぬ》け落ちて、うっかりそう言ってしまった瞬間《しゅんかん》、シャルロットの目がきらりと光った。

「そうね、そうだわ！　リディ、あたくし、とってもいいことを思いついたわ」

急に不自然なほど弾《はず》んだ声をあげ、彼女はにこにことリディエンヌを見つめた。

「劇団を立ち上げましょうよ。乙女《おとめ》の、乙女による、乙女のための劇団を――この三人で。そうね……、リディの宮殿《きゅうでん》の名をとって『睡蓮《すいれん》の美少女歌劇団』なんてどうかしら」

リディエンヌの表情が輝《かがや》いた。

「素敵《すてき》！　シャロンとまた同じ舞台に立てるだけでなく、ミレーユさまともご一緒《いっしょ》できるなんて。まるで夢のようですわ」

「そうと決まったら、さっそくいろいろと手配しなければね。ミレーユさまも座長として手伝ってくださるとおっしゃったことだし、気が変わらないうちに」

「でもミレーユさまは主役ですのに、些事《さじ》を取り仕切っていただくなんて大変ですわ」

楽しげなふたりを見守っていたミレーユは耳を疑った。リディエンヌは心配そうに言ってくれたが、いつの間にか主役を張ることにされているらしい。しかも座長とは一体何の話だ。

「ちょ、ちょっと待ってください。あたしが言ったのは裏方っていうか、雑用のことで」

「え……!?」

驚《おどろ》いた顔で見つめられ、ミレーユはますます慌《あわ》てた。驚きたいのはこちらのほうである。

「いや、だってお芝居《しばい》なんてしたことないですし。おふたりは慣れてらっしゃるでしょうけど、あたしはただの素人《しろうと》で……」

あたふたと断ろうとしたら、がしっとシャルロットに肩《かた》を抱かれた。

「主役に求められるのは演技力ではなく存在感です。少年のような顔立ちといい、凹凸《おうとつ》にとぼしい体型といい、色気皆無《かいむ》の雰囲気《ふんいき》といい、あなた以外に男役をできる女性がいると思って？」

「しかも男役ですか⁉」

「当たり前でしょう。あなたが男装して舞台へあがれば、王宮中の女性の話題を独占《どくせん》すること間違《まちが》いなしですわ。自信をお持ちなさいな」

失礼な指摘《してき》を連発されたが、今はそれに傷ついている場合ではない。美しい女性ふたりに潤《うる》んだ瞳《ひとみ》で両側から見つめられ、ミレーユは断る理由を探して懸命《けんめい》に頭を回転させた。このまま流されたら大変なことになりそうだ。

「そ、そうだ、男装はまずいですっ。絶対にフレッドと間違われちゃうし、正体がばれないようにしろって言われてますから」

「ああ、それならもう、彼の了承《りょうしょう》は得ていますわよ」

良い口実を思いついたと思ったのに、シャルロットはあっさりとそれを却下《きゃっか》した。

「昨夜、ちらっと会ったときに話したのですけど。ちょっと協力してほしいことがあって相談してみたら、困った時には自分の代わりにいつでも妹を使ってくれと即答《そくとう》してきましたわ。彼もうちの父上のお守《も》りで忙《いそが》しいのでしょうね。ほら、契約書《けいやくしょ》もありますわ」

シャルロットがひらりと書類を掲《かか》げる。薄青色《うすあお》のそれは兄が愛用している見慣れた便箋《びんせん》だ。

『ミレーユへ
兄はシャロンに弱みを握《にぎ》られています。怖《こわ》くて逆らえません。哀《あわ》れと思ってくれるなら、代わりに協力してあげてください。　　お兄ちゃんより』

「な……」

契約書を読んだミレーユは絶句した。

昨夜は誕生会を途中《とちゅう》で抜け出したと思ったら、兄は彼女と会っていたらしい。しかも知らないところで勝手に貸し出しの約束をしていたなんて。

一体どんな弱みを握られているのだろう。シャルロットならそれをネタに笑顔《えがお》で脅《おど》すくらいはやりそうだが、まさかあのフレッドが屈《くっ》するほど彼女の方が上手《うわて》とは。怖くて逆らえないと言うが、こっちだって怖いわよと叫《さけ》びたい。

兄でも対処できないものを自分にできるわけがないし、何とかうまく断らねばと必死に考えていると、リディエンヌがはっとしたように息をのんだ。

「ひょっとしてご迷惑《めいわく》でしょうか。ミレーユさまにもいろいろとご都合がおありでしょうし」

躊躇《ためら》いがちに潤んだ瞳で見つめられ、うぐっと言葉に詰《つ》まっていると、シャルロットに肩を抱かれた。

「リディったら。この方がリディのお願いをお断りになるわけがないでしょう。ほら、あなたの期待に応《こた》えようと、こんなにも使命感に燃えた目をしていらっしゃるわ」

そこで彼女は、そっとミレーユの耳元に口を寄せた。

「……協力しないと一生呪《のろ》うわよ」

やけにドスのきいた声でささやかれ、ミレーユはぎょっとして彼女を見た。しかし相変わらず可愛《かわい》らしい笑顔だ。

(空耳……？)

固まっていると、シャルロットが不意に視線をよこした。可憐《かれん》な笑顔が一瞬《いっしゅん》にして邪悪《じゃあく》なものに豹変《ひょうへん》する。

「ね……？　ミレーユさま？」

猫撫《ねこな》で声で念をおしながら、いつの間にか手にしていたぬいぐるみに、ごすっと拳《こぶし》をたたきこむ。リディエンヌからは見えない角度でやっていることに気づき、ミレーユは青ざめた。

(この人……二重人格!?)

未知の人格に出会って頭が対応不可能信号を出している。肩を抱く手に恐《おそ》ろしいほどの力がこもり、ミレーユはついぎくしゃくとうなずいてしまった。

「や……やります……」

にんまりとシャルロットが満足げに微笑む。

二重人格令嬢《れいじょう》に目をつけられたばかりに怒濤《どとう》の日々が幕を開けようとは、このときのミレーユは想像もしていなかった。

「——わたくしが舞台《ぶたい》の脚本《きゃくほん》を？」

怪訝《けげん》そうに繰《く》り返すセシリア王女に、微笑んでうなずく。

「はい。ぜひ書いていただきたいなと思って」

座長として劇団を仕切る羽目になったミレーユの初仕事は、舞台の演目を決めることだった。三人で話し合ったところ、せっかく新しく劇団を立ち上げるのだから新作がよいのではということになったのだ。それでミレーユの頭に浮《う》かんだのがセシリアだった。

以前少しだけ垣間《かいま》見《み》た王女の乙女日記は、それはそれはものすごい乙女ぶりだった。きっと彼女なら雰囲気のある物語が書けるのではと思い、頼《たの》んでみることにしたのである。

「……わたくし、目立つことは嫌《きら》いなの。その劇団にもお義姉《ねえ》さまに誘《さそ》っていただいたけれど、お断りしたくらいよ」

「だめですか……？」

がっかりして聞き返すと、セシリアは仏頂面《ぶっちょうづら》をかすかに赤く染めた。

「べ、別に、だめなんて言ってなくてよ。あなたがどうしてもと頼むなら、やってあげてもいいわ」

「本当ですか！　ありがとうございますっ」

「ただし！」

鋭《するど》く彼女は指を突きつけた。

「くれぐれも、わたくしの名前は出さないこと。それが条件よ。特に伯爵《はくしゃく》には絶対に知られては困るわ。いいわね」

「わ……わかりました」

あの乙女日記のノリで書かれるのなら、フレッドに知られるのはさぞ困るだろう。

とりあえず最初の仕事がうまく運び、安堵《あんど》しているミレーユを見て、セシリアがぼそりとつぶやく。

「その顔で頼まれると断れないわ……」

「えっ？」

「な、なんでもなくてよ」

どこか慌てた様子で否定すると、彼女は微妙《びみょう》に目をそらしたまま続けた。

「それで、どういったお話を書けばいいの？」

「いろいろ話し合ったんですけど、今回は悲恋《ひれん》ものにしようってことになりました。乙女のための劇団なので、恋愛要素がたくさん入ってる感じで」

悲恋もののほうが演技力を試《ため》されるしやりがいがあるとシャルロットが力説し、リディエンヌもそれに賛同したため、その方向で行くことにしたのだ。

「悲恋ものね……。あまり馴染《なじ》みがないけれど、書けるかしら」

「大丈夫《だいじょうぶ》ですよ。あんなに素敵《すてき》な日記を書けるんですし……い、いや、たくさん本を読んでらっしゃるので、きっと自然と知識が積もってらっしゃると思いますし」

つい彼女の乙女日記のことを口にしてしまい、慌ててごまかす。それから心持ち声をひそめた。

「ちょっとお願いなんですけど……、主役の男の台詞《せりふ》は少なめにしていただけませんか？　あまり多いと覚えきれるかわからないので」

ずるい要求だろうかとも思うが、正直なところ記憶《きおく》力には自信がない。ため息をつきつつお願いしたら、セシリアは驚いたように目を見開いた。

「あなた、男の人の役をやるの？」

「はあ……そういうことになっちゃいました。フレッドの代理ってことになってるので」

急にセシリアは黙《だま》り込んだ。何か思案にくれているふうなのを不思議に思って見つめると、彼女は少し焦《あせ》ったように話を変えた。

「ところで……、聖誕祭はどうだったのかしら？」

「どう、って？」

「だ、だから、つまり……、ラドフォード卿《きょう》と、何か進展はあったのかと訊《き》いているのよ」

口調はあくまで高飛車だが、なぜか頬《ほお》を赤らめる。不自然に咳払《せきばら》いを繰り返したりしているのを怪訝に思って見つめたミレーユは、ふと思いついて内心ぽんと手を打った。

（ああ、リヒャルトのことを気にしてらっしゃるのね）

禁断の恋人同士《こいびとどうし》疑惑《ぎわく》はリヒャルトがきっぱり否定したので今さら引っ張るつもりはないが、そういった感情でなくてもセシリアが彼のことを慕《した》っているのは理解できるし、気にかける気持ちもわかる。

そう気づいたミレーユは、聖誕祭の夜の出来事を思い返してみた。誕生日のお祝いに耳飾《みみかざ》りをもらったり、後ろから抱《だ》きしめられて動揺《どうよう》したり等の交流はあったが、王女が心配するようなことはたぶんなかったはずだ。

「ええと、進展とかは何もありませんでしたけど」

途端《とたん》、セシリアはぴくっと眉《まゆ》をはねあげた。

「何も……ですって……？」

気のせいか雰囲気《ふんいき》が変わったような気がして、ミレーユはたじろいだ。それまで顔を赤らめてもじもじしていた王女の表情が一変している。

「セシリアさま？　あの……」

「今すぐラドフォード卿をお呼び！　わたくしがみっちり指導してあげるわ！」

突如鬼《とつじょおに》の形相になって叫んだセシリアを、ミレーユは度肝《どぎも》を抜《ぬ》かれて見つめた。

ドサドサッ、と音をたてて、テーブルに本が積み上げられる。

向かい合って座ったミレーユとリヒャルトは、山積みになった大量の恋愛小説と、腰《こし》に手を当てて立ちはだかっているセシリアを見上げた。

「ここにある本をすべて読み終わるまで、この部屋から出ることは禁止よ。いいわね」

重々しく命じられ、ミレーユはおそるおそる口を開く。

「えと……、どうしてですか？」

「あなたたちに足りない知識を補充《ほじゅう》するためよ」

「しかし殿下《でんか》――」

「おだまりなさい！」

言いかけたリヒャルトにセシリアの叱声《しっせい》が飛んだ。

「あなたにはほとほと失望させられたわ。わたくしが憤《いきどお》っている理由はわかっているわね」

「……」

心当たりがあるようなないような顔でリヒャルトは黙り込む。

「流し読みは禁止よ。あとで感想文を提出してもらいますからね。これ以上進展もなくまごまごするなら、本当に愛想《あいそ》をつかしてしまうわよ！」

捨て台詞を吐《は》いてセシリアが出て行く。ふたりは仕方なく積み上げられた本を手に取った。

(なんでこうなるんだろ……)

何か悪いことをしたかと思い返してみるが、わからない。そもそもそれに対する罰《ばつ》が本を読むことというのも意味不明だ。

腑《ふ》に落ちない思いのまま、ミレーユはとりあえず本を開いた。そして、うっと息をのんだ。

もともと本を読むという行為《こうい》は大の苦手なのだ。一応文字を追ってみるが、全然頭に入ってこない。それどころか一頁《ページ》もめくらないうちに意識が朦朧《もうろう》としてきた。

本を開いて数分もたずうとうとし始めたミレーユを見て、リヒャルトは驚《おどろ》いたように肩《かた》をたたいた。

「眠《ねむ》いんですか？」

「はっ……、ご、ごめん。文字を見つめてると眠くなる体質なの」

慌《あわ》てて目をこすり、気合いを入れ直して紙面を見つめる。こんなことではいつまでたっても本を読み終わることができない。すなわちここから出ることはできないのだ。

「じゃあ、読んで聞かせますよ」

リヒャルトの申し出に、ミレーユは目を丸くした。

「ほんと？」

「はい。なので、隣《となり》に来てください」

長椅子《ながいす》の隣を示される。やんわりと本を取り上げられ、ミレーユは少し頬を上気させた。本の読み聞かせなどという憧《あこが》れの行為をしてくれるとは感激だ。もし父親がいたらやってほしかった行為の第一位なのである。エドゥアルトに対してはなぜかそんな気持ちにはならないのだが、やはり嬉《うれ》しいものは嬉しい。

いそいそと隣に座ったミレーユを見て、リヒャルトは微笑《ほほえ》んで本を開いた。

「……『白ウサギのマリアンヌは旅に出ることにしました。彼女はウサギの国の王女さまでしたが、婚約者《こんやく》のセバスティアンが気に入らなかったので家出することにしたのです――』」

落ち着いた声が、童話の世界をつむいでいく。

これまでは何とも思わなかったのに、こうして聞いていると彼の声はひどく心地《ここち》の良いものだった。目をつむって耳を傾《かたむ》けてみると、何ともいえないふわふわとした気持ちになる。

「『何が気に入らないって、セバスティアンは大層な美青年だったのです。マリアンヌは言いました。〈顔のいい男なんてカボチャよりくだらない。私は真実の愛を求めて生きていきます〉こうして彼女はカボチャの馬車に乗って旅立って行きました』……。なんだか変わった物語ですね」

面食《めんく》らったようなつぶやきに、思わず笑いがこぼれる。

妙《みょう》に楽しくなってきて、早く続きを読んでほしいあまり自分でも気づかないうちに身を乗り出していたらしい。急に声が途切《とぎ》れたのを不思議に思って見上げたミレーユは、リヒャルトと密着している自分に気づいてぎょっとした。

(あ、あれ？　何これ、いつの間に……)

軽く混乱しながらも急いで離《はな》れようとしたら、リヒャルトがおもむろに読みかけの本をテーブルに置いた。黙ったままこちらに向き直る。

そのまま身を乗り出してきたので、同じ長椅子に座っているミレーユは少し焦った。

「何……」

問いただそうとする唇《くちびる》に指を当てられる。顔を近づけられ、自然と頬が熱くなった。

「なっ、何よ、急に……」

「静かに」

真面目《まじめ》な顔のままリヒャルトはささやいた。

「──監視《かんし》されています」

「……え？」

リヒャルトの視線が扉《とびら》のほうへ向く。彼の肩越《かたご》しにそちらを見ると、細く開いた扉の隙間《すきま》から何やら話し声が聞こえることに気づいた。

「──今が一番いいところなのよ。邪魔《じゃま》をするわけにはいかないでしょう」

「ですが姫様《ひめさま》、もうすぐ緊急《きんきゅう》集会が始まってしまいます」

「そのシャルロットとかいう令嬢《れいじょう》には、お気の毒だけれど犠牲《ぎせい》になっていただくしかないわ」

「でも、フレデリックさまのご親戚《しんせき》の方なのでしょう。放っておいたら大変なことになりますわ。生贄《いけにえ》として祭壇《さいだん》に捧《ささ》げると、ものすごい剣幕《けんまく》で連れて行かれたんですのよ」

(生贄!?)

聞き耳をたてていたミレーユは驚いて立ち上がった。走って行って扉を開けると、セシリアと侍女《じじょ》のローズが「きゃあ」と悲鳴をあげて前のめりに身体《からだ》を泳がせて入ってくる。

勢いあまってそのまま座り込み、セシリアは顔を赤くして早口に弁解した。

「べっ、別に、のぞき見していたわけではなくてよ!?　あなたたちがあまりにも進展しないから、ちょっと気になって観察していただけよ。──ラドフォード卿！　やればできるのだから、普段《ふだん》からやる気をお出しなさい！」

「あの、さっきの話、どういうことですか？　シャルロットさまがどうとか」

リヒャルトに檄《げき》を飛ばす王女の代わりに、ローズがおろおろと答える。

「実は、聖誕祭で白薔薇乙女《しろばらおとめ》の規律をやぶってフレデリックさまにショールを贈《おく》った人がいるらしいんです。それで抜け駆《が》けした犯人捜《さが》しが始まっていて」

ぎくり、とセシリアが目を伏《ふ》せたまま肩を震《ふる》わせる。

「それとシャルロットさまとどういう関係が？」

「よくわかりませんけれど、とにかくフレデリックさまと親しい見慣れぬ令嬢が出没《しゅつぼつ》しているというので、目をつけられたらしいですわ」

そういえば、シャルロットはフレッドと私的なつきあいがあるようなことを言っていた。どこかで一緒《いっしょ》にいるところを目撃《もくげき》されてしまったのだろう。

白薔薇乙女の恐《おそ》ろしさを思い出し、ミレーユはぶるりと震えた。あれに巻き込まれたらいくら二重人格令嬢といえど太刀《たち》打ちできるかわからない。

危機に陥《おちい》った団員を救うのも、きっと座長の務めだ。ミレーユはキッと顔をあげた。


「お嬢、何してんだ？」

倉庫から出てきたミレーユを、騎士《きし》たちは目を丸くして眺《なが》めた。

「何って、シャルロットさま救出作戦を実行するのよ」

「……その恰好《かっこう》で？」

まじまじと見られ、決まり悪さで少し赤くなる。

「しょうがないでしょ、ドレスなんか着てたら思うように動けないし、だからってフレッドの恰好するわけにもいかないじゃない。あたしだってね、好きで着てるわけじゃないのよ」

ぶつぶつと言いながら、両前脚《りょうまえあし》で頭の位置を直す。鏡に映っているのは、白い毛並みの巨大《きょだい》ウサギ――もといその着ぐるみを着たミレーユだ。

「それ、フレッドのか？」

「わかんない。変装ならこれがいいんじゃないかって、カインが持ってきてくれたの」

騎士たちは部屋の隅《すみ》へ目をやる。副長のカインは我関せずといった様子で居眠《いねむ》りをしているが、隊長命令であるのは明らかだった。フレッドが妹のために着ぐるみを新調していたのを隊内で知らない者はいない。

そんな兄の企《たくら》みも知らず、身支度《みじたく》を終えたミレーユは真剣《しんけん》な顔で振《ふ》り返った。

「あたしが窓から潜入《せんにゅう》して、乙女たちを引きつけるわ。それで少しは時間を稼《かせ》げるはずよ」

「確かにその恰好なら引きつけられるでしょうが……」

曖昧《あいまい》に答えるリヒャルトに、ミレーユは少し心許《こころもと》なくなって詰《つ》め寄る。救出作戦を実行するため完璧《かんぺき》な変装をしたつもりなのに、どこか至らぬ点があるのだろうか。

「大丈夫《だいじょうぶ》よね？　これ着てれば、あたしだって誰にもばれないわよね。口のところ閉めてたら顔もわかんないし」

「……そうですね」

　リヒャルトがうなずいたので、ミレーユは安心して作戦会議に戻《もど》った。正面の扉と窓側から二手に分かれて突入《とつにゅう》するため、騎士たちに協力してもらうことにしたのだ。

「中に入ったら叫《さけ》んで知らせるから、そしたらみんなで突入してきて。すみやかにシャルロットさまを救出して立ち去るのよ。いい？」

「うーす」

「よし、じゃあ行くわよ！」

　気合いを入れて宣言すると、ミレーユは先頭切ってサロンを出た。まだ白薔薇乙女の本拠地《ほんきょち》までは距離《きょり》があるが、念には念を入れ、周囲をうかがいながら緊張《きんちょう》の面持《おもも》ちで回廊《かいろう》を進む。

「…………」

　白いもこもこしたウサギが、必要以上にきょろきょろ警戒《けいかい》しながら柱の陰《かげ》伝いに歩いていく。それを眺めながら、リヒャルトは何ともいえない気分をもてあましていた。

　──ものすごく目立っていることを指摘《してき》してやったほうがいいだろうか？

（……まあ、可愛《かわい》いからいいか……）

　心の中でつぶやいて、彼は同僚《どうりょう》たちと一緒にウサギを追いかけることにした。

白薔薇乙女の緊急集会は、はじまりから紛糾《ふんきゅう》していた。

伯爵《はくしゃく》が聖誕祭にたったひとつだけショールを受け取ったという情報をつかみ、犯人捜しに躍《やっ》起《き》になっていた彼女たちは、裏切り者候補を捕獲《ほかく》して殺気立っている。しかし当のシャルロットは萎縮《いしゅく》した様子もなく退屈《たいくつ》そうに椅子《いす》に座り、言い争う乙女たちを眺めていた。

「会長、これは『白薔薇乙女は抜《ぬ》け駆《が》け厳禁』の掟《おきて》がまねいた悲劇ですわ。わたくしたちが互《たが》いを牽制《けんせい》している隙《すき》をつかれたのです。あの掟は撤廃《てっぱい》すべきですわ」

悔《くや》しげに訴《うった》えた乙女に、隣《となり》にいた別の乙女が意地悪な笑《え》みを浮《う》かべて言った。

「あーらウルリーカさま、掟もかまわず別荘《べっそう》にお誘《さそ》いになって見事に断られたのはどなただったかしら？」

「あ、あれは、フレデリックさまは東へ竜《りゅう》退治に行くのでこられないと……って、どうしてご存じなの⁉」

「当然ですわ。フレデリックさまの周囲には、わたくしの手の者が常に張り付いておりますのよ。毎回まかれて帰ってきますけれど」

「なんですってえ！　ロザリーさま、あなたのそれだって抜け駆けじゃございませんこと！」

「あっ、しまった」

ひとりが墓穴《ぼけつ》を掘《ほ》ったところで、別の一派が襲《おそ》いかかる。

「ちょっとルイーゼさま、あなた人のこと言えた義理かしら？　世にも珍《めずら》しい人魚をつかまえたなどと言ってフレデリックさまを釣《つ》ろうとなさったくせに！　しかもご自分が人魚に扮《ふん》してお屋敷《やしき》で待っていたそうじゃありませんか」

「きゃあああ、やめてええ」

「まあ恥知《はじし》らずな！」

「信じられませんわ！　わたくしなんか月の女神《めがみ》の扮装《ふんそう》で精一杯《せいいっぱい》でしたのに！」

「あら残念ね、ミラベルさま。フレデリックさまは月の女神より薔薇の女王のほうがお好みなのよ？　薔薇にうもれてゴロゴロしながら妖精《ようせい》の国で暮らしたいとおっしゃっていたもの」

「ちょっとおぉ！　それどこからの情報ですの⁉　新しいフレデリックさま情報を入手したら届けるようにとの規則をお忘れなの？」

「ひとりじめなんて卑怯《ひきょう》ですわ！　その情報が白薔薇通信に載《の》っていたら、お父様を脅《おど》してでも国中の薔薇を買い占《し》めてフレデリックさまにお贈りしたのに！」

数々の裏切り行為《こうい》が暴露《ばくろ》され、今にもつかみ合いの喧嘩《けんか》が勃発《ぼっぱつ》しそうな空気の中、ひときわ大きな声が貫《つらぬ》いた。

「みなさん落ち着いて！　話がだいぶずれていますわ！」

会長のオーレリアである。彼女は重々しく一同を見渡《みわた》した。

「みなさんのお考えはよくわかりました。白状します。実はわたくしも、『青海に眠《ねむ》る伝説の神剣《しんけん》』を偽造《ぎぞう》してフレデリックさまを釣ろうとしたことがあります」

「まあっ、オーレリアさまも⁉」

「ですからみなさんを責められません。第一、今はそれどころではないでしょう？　わたくしたちの敵はただひとり──」

その言葉に、壇上《だんじょう》にいる生贄候補へと殺気だった視線が一斉《いっせい》に突《つ》き刺《さ》さった。

「どこからともなく現れて、フレデリックさまに抜け駆けショールを渡《わた》した方ですわ……！」

当《とう》のシャルロットは興味がなさそうな顔をして、爪《つめ》の手入れ具合を眺めたりしている。

「ですから、ショールなんて知らないと言っているでしょう。そんな七面倒《しちめんどう》くさいことをなぜあたくしがしなければならないのです？　それにフレッドと会ったのは聖誕祭が終わったあとのことですし」

さめた声での発言に、乙女たちはいきりたった。

「フレデリックさまを愛称《あいしょう》で呼ぶなんて！」

「なれなれしいですわ！」

「何でも結構ですけれど、早いところ本題に入っていただけません？　今夜はフレッドと出かけるので、いろいろと支度《したく》をしなければなりませんの」

よせばいいのに、シャルロットは彼女たちを挑発《ちょうはつ》するようなことを言う。故意かどうかはわからないが、その発言が乙女たちの怒《いか》りを倍増させたのは間違《まちが》いなかった。一気に殺気が沸《わ》き立ったのを感じ、窓から中をうかがっていたミレーユはたまらず突入を決行した。

「──あのっ！　弱い者いじめはいけないと思います！」

ざっ、と視線が集中する。殺気の代わりに、今度は困惑《こんわく》の沈黙《ちんもく》が流れた。

突如《とつじょ》窓からよじのぼってきた巨大なウサギを、室内の誰もが面食《めんく》らって凝視《ぎょうし》している。

「え……何かしら、このウサギ……」

「……ウサギさん？　弱い者って、どこに弱い者とやらがいらっしゃるのです？」

乙女たちの怪訝《けげん》そうなまなざしに、もっともだと思いつつもミレーユは右前脚をふりあげた。

「その人を解放してください。伯爵にショールを渡したのは、あたしです！」

叫び声を合図にして、正面の扉《とびら》からドン、ドンという重い音が鳴り響《ひび》いた。

外から激しく打ち付けられて内側にたわんでいた扉が、轟音《ごうおん》とともに破られる。

爆弾《ばくだん》発言をしたウサギに襲いかかろうとしていた乙女たちは、騎士《きし》団の面々がなだれこんでくるのに気づいて悲鳴をあげた。

「いやーっ、白百合《しらゆり》の筋肉集団よーっ」

「近寄らないで！　むさ苦しい！」

「あんだとコラァ！」

「筋肉なめんなコラァ！」

「こう見えて傷つきやすいんじゃコラァ！」

乙女たちと騎士たちの争いが勃発し、室内は狂騒《きょうそう》のるつぼと化した。しかしそれも束《つか》の間、突然《とつぜん》けたたましいラッパの音色がそれを切り裂《さ》くように響き渡った。

何事かとそちらを見ると、高い吹《ふ》き抜けの天井《てんじょう》近くにある窓辺に誰かが腰掛《こしか》けている。

唖然《あぜん》として見上げるミレーユに、彼は楽しげな笑顔《えがお》を見せた。

「やあウサギさん。ぼくの秘密の花園《はなぞの》へようこそ」

「な……何して……」

「でもごめんね、きみとは遊んであげられないんだ……。今日は鬼《おに》ごっこの日で、ぼくはこれから可愛い鬼さんたちに追いかけられることになってるんだよ。ぼくの笑顔を五秒間だけ独《ひと》り占《じ》めできる権利を賭《か》けてね。——それじゃあ始めようか！」

宣言すると、フレッドは傍《そば》にぶらさがった縄《なわ》をつかみ、「とうっ！」と勢いをつけて飛び降りた。乙女《おとめ》たちの頭上を通り過ぎ、入り口付近に降り立つと、まぶしい笑顔で振《ふ》り返る。

「つかまえてごらんよ……！」

一瞬《いっしゅん》静まりかえった乙女たちは、次の瞬間怒濤《どとう》のごとく彼に向かって突進《とっしん》した。

「ぎゃあああああ」

ウフフアハハと笑いながら逃《に》げていくフレッドを追い、乙女の集団が地響《じひび》きとともに去っていく。

見慣れた光景をリヒャルトはいつものように見送ったが、ウサギがうちひしがれているのに気づいて驚《おどろ》いて屈《かが》み込んだ。顎《あご》の部分を開けると、中から涙《なみだ》ぐむ顔があらわれる。

「どこか痛めたんですか？」

首を振り、ぐすっと鼻をすすりながら、ミレーユは遠く駆けていく兄を見やった。

「あそこまで馬鹿《ばか》だとは思ってなかった……」

「……」

兄の日常を目《ま》の当たりにしてショックを受ける彼女を慰《なぐさ》める言葉が思い浮かばず、リヒャルトは深いため息をついた。

ヴィルフリートは悩《なや》んでいた。

滝《たき》のつもりの噴水《ふんすい》での修行《しゅぎょう》も終え、煩悩《ぼんのう》は解消されたはずだった。ついでに風邪《かぜ》も引いてしまったが、それももう治ったのでよしとする。

問題は、この胸に渦巻《うずま》いているもやもやだ。

そして、それについて考えようとすると決まって脳裏《のうり》に浮かんでくるあの顔――。

それは同じ顔だったが、時によって男になったり女になったりするのがこの上なく不愉快《ふゆかい》だった。女のほうはともかく、男のほうは十年来の知り合いであるただの馬鹿なのに。どうしてあんなやつのせいで悩まなければならないのか、心底腹立たしい。

(しかし不思議だ。たまに彼女とフレデリックが重なって見えることがある……。顔が似ているということだけが理由だろうか?)

うーん、と考え込みながら、彼はひたすら回廊《かいろう》を歩いた。

ふと、懐《ふところ》にしのばせた赤い小瓶《こびん》のことを思い出す。魔女《まじょ》にもらった惚《ほ》れ薬だ。不埒《ふらち》な薬だと一旦《いったん》は憤《いきどお》ったものの、なぜか手放すことが出来ず持ち歩いている。

もしもこの薬が本当に効くとしたら。どちらに飲ませたら、この謎《なぞ》は解明できるだろう？

一番手っ取り早いのは、両方に飲ませて反応を見ることだが――。

（いや、その考えはおかしい。フレデリックに飲ませる必要などないじゃないか。何を考えているのだ、僕は）

ばかばかしいにも程《ほど》がある。うっかりフレッドで試《ため》してみて、本当に惚れられてしまったらどうするのだ。男同士なのに気色の悪いことこの上ない。

といってあの令嬢《れいじょう》に飲ませるのは紳士《しんし》道に反する。つまり、この薬には使い道がないということだ。

（……む？）

見慣れないものが視界に入り、悶々《もんもん》と考え事をしていたヴィルフリートは眉《まゆ》を寄せた。

長い耳のついた白い物体がとぼとぼと前方を横切っていく。形状からするとウサギの着ぐるみだろうか。

その後ろをリヒャルトが何か話しかけながらついていくのを見て、ヴィルフリートはみるみる険しい顔になった。

あんなものを着用する者といえば王宮では限られている。副官を引き連れ、白薔薇《しろばら》乙女《おとめ》の集会所のほうからやってきたことからしてもやつに間違いはない。いつの間に新作を手に入れていたのだろう。

負けず嫌《ぎら》い精神を刺激《しげき》され、ヴィルフリートは白ウサギに向かって猛然《もうぜん》と突進した。

「フレデリック！　貴様、僕の知らないうちにそんな愛らしいものを……」

ウサギが振り返る。その顔を見たヴィルフリートは罵声《ばせい》をのみこんだ。

顎のあたりからのぞいた顔は、目をうるませ鼻の頭を赤くしている。さながら本物の小動物のような可愛《かわい》らしさに、王子の胸はきゅんとときめいた。

「そっ……そんな目で見るなあああぁぁぁ——!!」

「殿下《でんか》っ？」

叫《さけ》ぶなりへたりこんだのを見て、ウサギはびっくりしたようにしゃがみこむ。

いくら着ぐるみ着用とはいえ、フレッド相手にときめいてしまったことで死にそうな心地《ここち》に陥《おちい》っていたヴィルフリートは、その仕草に違和感《いわかん》を覚えて顔をあげた。

（フレデリックじゃ、ない……？）

やつがこんなふうに心配などするわけがないのだ。となると——この顔の持ち主は、他《ほか》にひとりしかいない。

それに気づいてヴィルフリートは愕然《がくぜん》とした。こんなにも完璧《かんぺき》に着ぐるみを着こなす女性がこの世にいたとは。しかもあの大人《おとな》しそうな令嬢が——。

「ヴィルフリートさま!?」

ウサギミレーユの叫びに、王子ははっと我に返った。つー、と鼻の下に何かが伝う馴染《なじ》みの感覚に、彼は慌《あわ》てて鼻をおさえた。

「なっ、なんれもない！　なんれもないぞっ！」

鼻を手で覆《おお》ったままそう言い張ると、彼は動転しながらその場を駆《か》け去り——そのまま王宮から逃亡《とうぼう》した。

「——最近、血を吐《は》いてばっかりなのよ。病気なんじゃないかしら」

近頃《ちかごろ》ずっと様子がおかしいと思っていたが、あの症状《しょうじょう》はまだ治らないらしい。自分制作のパンの副作用疑惑《ぎわく》もぬぐい切れていないため、ミレーユの心配は絶えなかった。

「鼻から噴《ふ》き出していたように見えましたが……」

冷静につぶやいて、リヒャルトはふらつきながら去っていく王子を見つめた。

——ひょっとして王子殿下も、秘密に気づいているのではないだろうか？


二日後。セシリア王女渾身《こんしん》の脚本《きゃくほん》が出来上がったと聞いて、ミレーユは白百合《しらゆり》の宮へやって来た。

侍女《じじょ》を全員追い出し、ふたりきりになったところで、セシリアがおもむろに紙の束を持ち出してくる。

「自分で物語を書いたのは初めてだから、ちょっと自信がないけれど……。これでよければ、

使っていただいてもいいわ」

　少し顔を赤らめながら言う彼女に、ミレーユは笑顔で応じた。

「ありがとうございます！　すごいですね、二日でこんなにたくさん……」

「べ、別に、暇《ひま》だったからできただけよ。睡眠《すいみん》を削《けず》ってまでやったわけではないわ。目が赤いのは、さっき果物を食べたときに汁《しる》が飛んでしまったからよ。睡眠不足というわけでは全然なくてよ？」

「あの、ちょっとだけ、ここで読んでみてもいいですか？」

　セシリアが小さくうなずく。ミレーユはわくわくしながら一枚目をめくった。


『フリッツ王子は、運命の出会いをした。

世界をめぐる冒険《ぼうけん》の途中《とちゅう》、美しい姫《ひめ》君と出会ったのだ。

けれどもふたりの恋《こい》は、いばらの道に通じていた。

なぜなら彼女は、遠い精霊《せいれい》の国の住人だったから――。


〈姫よ！　僕たちの間には、いくつもの山と谷が立ちはだかっている。けれども、君を求めてしまう心を止めることができないんだ。僕を待つ者たちを裏切る勇気もないというのに〉

王子は、庭に咲《さ》く白百合の花に語りかけた。彼の恋する姫は白百合の精なのだ。月光のさす夜にだけ人の姿になり、会うことができる。

けれども今は昼間。目の前に花はあるのに触《ふ》れることも敵《かな》わない。

〈君と出会わなければ、こんなにも苦しい思いをせずに済んだ。もしも時間を巻き戻《もど》せるのなら、僕は……〉

王子は愛《いと》しげに花に手をのばし、微笑《ほほえ》みを浮《う》かべた。

〈同じように君と出会って、懲《こ》りることなく君に恋するのだろう。愛しい白百合姫〉

昼間の百合は、彼の求愛に答えない。王子は切なげに吐息《といき》をもらした。

〈君を連れて、逃《に》げ出せたらいいのに——〉』

「……どうかしら？」

自信がなさそうに訊《たず》ねられ、つい読み込んでしまったミレーユは、はっと我に返った。

「す、すごくいいと思います」

さすがに乙女《おとめ》度は日記のときより下だが、彼女がこんなに早熟な物語を書けるなんて。驚《おどろ》くと同時に感動してしまう。

「——最後、白百合姫は死んじゃうんですね」

「ええ。周囲に反対され、駆け落ちしようとする直前にね。本当は王子と結ばれてほしいのだけれど、悲恋《ひれん》ものをということで頼《たの》まれていたから……仕方がないわね」

わたくしは幸福な恋物語が好きだわ、とセシリアはぶつぶつ言っている。なおも感心しながら脚本をめくっていたミレーユは、ふと手をとめた。

「ここって、何か特別な意味があるんですか？　普通《ふつう》は指輪とかですよね。この王子は袖口《そでぐち》の飾《かざ》り留めを姫に贈《おく》ってますけど……」

素朴《そぼく》な疑問を言ってみただけなのだが、セシリアはぎくぅっとあからさまに反応した。

「べ、別に、特別な意味などないわ。あるわけがないでしょう、そんなもの。わたくしは別に、全然、袖飾り留めに思い入れなどなくてよ。ほんとうよ、もらってなどいないわ」

早口にまくしたてながら、ちらちらと机の上の小箱に視線を走らせる。挙動不審《ふしん》な彼女を不思議に思いながら見ていたミレーユは、白百合姫の瞳《ひとみ》が琥珀色《こはくいろ》であることに気がついた。

（……ん？　袖飾り留め……）

思い返せば聖誕祭の翌朝、フレッドの部屋を片付けにきた侍女が、袖飾り留めが片方しかないと訴《うった》えていた。兄の持ち物にしては珍《めずら》しい琥珀色の装飾品《そうしょくひん》だったので何となく覚えている。

（もしかして……ショールのお返しにあれをあげたのかしら）

黄色の綺麗《きれい》な編み目のショールが部屋に置いてあったので、たぶんセシリアが贈ったのだろうとは思っていたが、まさかお返しをしていたなんて。物語に投影《とうえい》させるくらいだから間違《まちが》いないだろう。

そういえば、この台詞《せりふ》の言い回しや『フリッツ』という名には既視感《きしかん》がある。『白百合姫』にいたっては名称《めいしょう》も瞳の色もそのままだ。

「……あの、この王子って、もしかしてフレ——」

「違うわよ!?　伯爵《はくしゃく》のわけがないでしょう、何を言っているの!?」

「はあ……」

全力で激しく否定されたので、ミレーユは気づかないふりをすることにした。人物造形がたとえフレッドと王女をなぞらえたものだったとしても、演じる側には関係のないことだ。

何はともあれ、演目の脚本が出来上がった。ようやく乙女歌劇団が始動するわけだ。

リディエンヌの呼びかけで、彼女の知人の宮廷《きゅうてい》貴婦人たちがぽつぽつと集まり始めている。シャルロットも貴族のサロンをまわって宣伝活動に勤《いそ》しんでいるらしい。

最初のうちこそシャルロットの傍若無人《ぼうじゃくぶじん》ぶりに恐《おそ》れおののき、彼女の相手を押しつけたフレッドに腹を立てていたミレーユだが、今は劇団の活動を楽しみにしている自分を否定できなかった。もともと観劇が趣味《しゅみ》だったということもあるし、女の子たちだけで集まって何かをやるというのは何だかわくわくする。

「そうだ、もしかしたら脚本に手を入れさせていただくかもしれないんですけど、いいですか？」

「別に構わなくてよ。やりやすいようにやっていただいたらいいわ」

答えたセシリアは、ふと目をそらして続けた。

「ちなみに、参考までに訊《き》くけれど、あなたの相手役はどなたが務めるの？」

「たぶん、リディエンヌさまとシャルロットさまが交互《こうご》にやるんじゃないかと……」

実はその件では一悶着《ひともんちゃく》あったのだ。ふたりとも自分がやると言ってきかず、ひとつの役をふたりでやればいいとミレーユが仲裁《ちゅうさい》に入ってようやく納得《なっとく》したのである。舞台《ぶたい》に関係することになると、いつも淑《しと》やかなリディエンヌの押しが強くなるのが意外だった。

セシリアは言葉に詰《つ》まったような顔をして、忙《せわ》しなく瞬《まばた》きをした。

「そ……そのシャルロットとかいう令嬢《れいじょう》、御髪《おぐし》は何色なのかしら？」

「銀色です。リディエンヌさまとちょっと似てらっしゃいますよ。それがどうかしました？」

落ち着かない様子でいるのを不思議に思って見ていると、彼女は目をそらしたまま真っ赤になってつぶやいた。

「……ひとつ、訂正《ていせい》していただけるかしら。白百合姫の髪《かみ》の色……」

「え？」

「……………………あ、赤毛という設定にしていたけれど演じ手と違うようだから変えたほうがいいのじゃなくてっ？」

超《ちょう》のつく早口で弁明され、ミレーユは沈黙《ちんもく》したまま彼女をまじまじと見つめた。

（……セシリアさまって、わかりやすくておかわいらしい……）

心底そう思ったが、口に出したらまた何か飛んできそうなので、うなずくだけにしておいた。

「──じゃあ、これで失礼します。脚本、ありがとうございました」

礼を言って辞そうとするミレーユを、セシリアはちらりと見た。

「もう帰るの」

「ええ。宮廷作曲家の先生に舞台用の曲を書いていただくことになってるので、これから交《こう》渉《しょう》に行くんです。衣装部との打ち合わせもあるし、この脚本をみんなにも見てもらって印刷して台本にしないといけないし」

やることは山積みだった。すべてフレッドの顔と名前を使って手配したようなものなので、交渉するのにいちいち男装して彼のふりをしなければならず大変なのだ。

ぼんやりしてはいられない。ミレーユは王女に別れを告げ、着替《きが》えるためサロンへ向かった。

十一月にしては珍しく暖かい陽射《ひざ》しとなった、おだやかな午後。

王女の宮殿《きゅうでん》を訪ねているミレーユを迎《むか》えに行くため、リヒャルトはひとりで白百合のサロンを出た。

面倒《めんどう》事が一段落してやっと落ち着けると思ったのに、ミレーユはリディエンヌたちと一緒《いっしょ》に乙女のための活動を始めたとかで、そちらにかかりきりになってしまった。この分ではどうやら今回も彼女とふたりきりの時間はもてなさそうだ。

けれども同年代の女性たちに囲まれている彼女はとても楽しそうで――シャルロットのことは相変わらず恐れているようだが――それを見ていると、不満を口に出すことができないのだった。微笑ましくていいことだと自分に言い聞かせ、遠くから眺《なが》めているしかない。

ため息まじりに顔をあげたリヒャルトは、行く手に人影《ひとかげ》が現れたことに気づいて何気なく目をやった。近づいてくる彼と自分以外、回廊《かいろう》には誰もいない。

眼鏡《めがね》をかけた黒髪《くろかみ》の若い男。見知らぬ顔のはずだが、唇《くちびる》の端《はし》が少し笑っているように見えてふと引っかかった。

奇妙《きみよう》な既視感だった。思いつく限り知人の顔を記憶《きおく》の底からさらってみるが、どれも当てはまらない。それなのに知っている気がする。

その違和感《いわかん》の正体に気がついたのは、すれ違った瞬間《しゅんかん》だった。

（あの服——）

ようやく思い出し、息を呑《の》んでふりむく。

男は目の前に立っていた。にやりと笑い、腕《うで》を振《ふ》りかぶりながら。

「————っ！」

繰《く》り出された拳《こぶし》を完全には避《さ》けきれず、衝撃《しょうげき》をくらってリヒャルトは後退《あとずさ》った。ぱっと口の中に金臭《かなくさ》さが広がる。

「おいおい。避《よ》けんなよ」

拳をほぐしながら、男がのんびりとした口調で苦情を言う。

殴《なぐ》られた顎《あご》先に手をやり、かすかに顔をしかめながらリヒャルトは相手を鋭《するど》く見据《みす》えた。

「……何をする」

男の顔に、人を食ったような笑《え》みが浮《う》かぶ。

「この前のお返しだ」

「何？」

「足りねえなあ。俺なんか思いっきり顔面殴られて鼻血出まくりだったのに。これじゃ全然気が済まないぜ」

不満げに言うと、男はもう一度拳を固めた。

「よし、もう一発な。今度は逃《に》げんなよ」

「ふざけるな」

険しい声の咎《とが》め立てに、男は肩《かた》をすくめて笑った。

「冗談《じょうだん》だよ。相変わらず怖《こわ》いねえ。つーか、他《ほか》のやつといる時と明らかに態度が違うんだが。どんだけ猫《ねこ》かぶってんだよ」

どこか皮肉げな笑みを向ける相手を、リヒャルトは警戒《けいかい》のまなざしで見返した。

こちらのことを見知っているかのような態度をとる男。それも本来ならこんな場所にいるはずのない立場の人間――。

「――シアランの神官が、こんなところで何をしている」

「何って、仕事に決まってんだろ。この前も言ったよな。白薔薇《しろばら》の宮殿で会ったとき」

「……」

「まだ思い出してくれないのか。あんたが偽《にせ》の公女様をいじめて泣かせちまった夜だよ」

訝《いぶか》しげに相手を見つめていたリヒャルトは、まさかという思いで目を見開いた。

「ランスロット……？」

到底《とうてい》信じがたい事実だった。あの夜捕縛《ほばく》した怪盗《かいとう》ランスロットは、今も牢《ろう》につながれているはずなのだ。数日前まで自分が取り調べていたのだから間違いない。もっとも、いまだに有力な自白は引き出せていなかったが――。

目の前にいる男は、牢獄《ろうごく》で対面した怪盗とは似ても似つかぬ別人だ。だが、この男がここでランスロットを騙《かた》る理由がリヒャルトには思いつかなかった。

「では、牢獄にいるのは何者だ」

「さあ……、誰だっけな。いや、ほんとにわかんねーんだよ。ランスロットってのは俺ひとりの名前じゃないし。たぶん、仲間の誰かが日替《ひが》わりでやってくれてるんじゃないの。王宮の警備も大したことないっつーか――」

「……」

他人事のように言った彼は、リヒャルトが剣《けん》の柄《つか》に手をやるのを見て不敵な笑みを浮かべた。

「今日は剣を使ってくれんの？　俺も出世したな」

「でも、俺の素性《すじょう》をばらしたら、あんたもまずいことになるんじゃないのか」

軽口を無視して剣を抜《ぬ》こうとしていたリヒャルトは、その言葉に手を止めた。

――知られている。

神官を動かせるのは神官長くらいなものだが、シアランの神殿《しんでん》や関係各所は大公に押さえられていると聞く。この男が大公の命令で動いているという可能性は大いにありうるわけだ。

先日逮捕《たいほ》したエレノア・ダールトンと偽《にせ》公女の取り調べで、彼女たちが大公の命《めい》で王宮へ潜《せん》入《にゅう》していたことは判明している。大公にセシリアの素性が知られているのは間違《まちが》いない。

神官がなぜ盗賊《とうぞく》のまねごとなどしているのかは知らないが、この男が本物のランスロットだとするなら、何のために王宮へやってきたのだろう。そして彼がこちらのことを『知っている』となれば、当然大公の耳にも入っているはずだ。

——やはり、ここで斬《き》っておくべきか？

柄を握《にぎ》る手に汗《あせ》がにじむ。動揺《どうよう》を悟《さと》られないよう表情を隠《かく》したまま、リヒャルトは相手の顔を見据えた。

緊迫《きんぱく》する空気が破られたのは、その時だった。

「あっ、リヒャルト——」

サロンにほど近い回廊に立つ彼を見て、ミレーユは思わず声をあげた。

セシリアの宮殿まで迎えに来てくれるはずだったのだが、時間を惜《お》しむあまりひとりで帰ってきてしまったのだ。行き違いにならなくて良かったと思ったのに、声をかけられたリヒャルトははっとしたようにこちらを見ると顔色を変えた。

「ごめんね、作曲家の先生を待たせちゃいけないと思って、急いで帰ってきちゃって……」

怒《おこ》ったのかと思って弁解しながら、彼と一緒にいる青年へ目をやる。暗い色の見慣れない服を着て、くせのある黒髪を結《ゆ》わずに後ろへかきあげている眼鏡をかけた男——。

その意外な顔に、ミレーユは目を見開いた。

「ヒース……」

「おお、ミレーユ。久しぶりだな」

眼鏡の向こうで、灰紫《はいむらさき》の瞳《ひとみ》が親しげな色を浮かべて細められる。

先日王宮でばったり出くわした時、彼は用事があるからと言ってすぐに別れたのだ。またいつかゆっくり積もる話でもしようと言われたが、まさか今日こんなところで会うとは思わなかった。しかもリヒャルトと一緒にいるなんて、思いもよらない組み合わせである。

「ふたりって、知り合いだったの？」

その声に、呆然《ぼうぜん》としていたリヒャルトが我に返ったようにミレーユを見た。

彼はいきなりミレーユの肩を抱《だ》くと、強制的に方向転換《てんかん》させ何も言わず足早に歩き出した。

その唐突《とうとつ》さと早業《はやわざ》に驚《おどろ》いて、ミレーユは足をもつれさせながら彼を見上げた。

「えっ……、な、何よ？」

リヒャルトはこわばった顔をしてまっすぐ前を向いている。わけがわからず振り向いたら、ヒースが笑みを浮かべて軽く手を振った。

ほとんど引きずるような勢いで連れていかれたのは白百合騎士《しらゆりきし》団の仮眠《かみん》室だった。ようやく解放されて文句を言おうとすると、今度は腕を強くつかまれた。

「ちょっと、いきなり何するの？」

「知ってるんですか、さっきの男のこと」

緊迫した顔で訊《き》かれ、ミレーユはなおも面食《めんく》らいながらうなずいた。

「ヒースのこと？　知ってるけど……」

「どうして」

「どうって……、ヒースがサンジェルヴェにいたとき、たまに遊んでもらったりしてたの。何年も会ってなかったんだけど、このまえ王宮でばったり会っ……、ちょっと、血が出てるわよ、どうしたの⁉」

「………」

　険しい表情でいる彼は、口元ににじんだ血のことなど気にもとめていないようだ。やがて、思いつめたような、それでいて有無《うむ》を言わせない強い目をして見つめてきた。

「あの男にはもう近づかないでください」

「え……？」

「絶対に関《かか》わらないで」

　重ねて言われ、何か血を押さえるものはないかと探していたミレーユは、きょとんとして彼を見上げた。

「でもヒースは幼なじみたいなもので、別に変な人じゃないわよ。まあ見た目的に、顔が良くてちょっとうさんくさく思えるかもしれないけど……。ていうか、あなたさっきから変よ。どうしたの、急にそんなこと言ったりして」

「他の男を見てほしくないからです」

　真剣《しんけん》な顔で言われ、ミレーユは目を瞠《みは》った。その両肩《りょうかた》をがしりとつかみ、リヒャルトは身を乗り出す。

「俺以外の男を見ないでください」

「な……」

「俺だけを見ていて」

「ちょ、ちょっと、あなた、自分で何言ってるかわかって――」

「お願いします」

「いや、でも、それは日常生活に支障が」

「いいですね？」

「…………うん」

顔をのぞきこむようにして念を押され、ミレーユは気圧《けお》されてついうなずいた。

息をついて身体《からだ》を離《はな》し、リヒャルトは厳しい表情のまま扉《とびら》に手をかける。

「サロンで皆《みんな》と一緒《いっしょ》にいてください。俺が戻《もど》るまでひとりで動かないで」

そう言い残すと、彼は呆然としているミレーユを置いて部屋を出て行った。


紅薔薇の宮の執務室《しつむ》へ入ってくるなり人払《ひとばら》いを要求したリヒャルトを、ジークは怪訝《けげん》な顔で見やった。

「何事だ。――おや、血が出ているぞ。どうした」

そこで初めてリヒャルトは口元に手をやった。殴《なぐ》られたことすら忘れるほど動転していたらしい。

「……通りすがりの者にやられました」

「通り魔《ま》か。最近は物騒《ぶっそう》だからな」

「そうではなく――」

「では喧嘩《けんか》か。いい歳をして、まだやんちゃ癖《ぐせ》が直らないのか」

リヒャルトはひとつ息をつき、強引《ごういん》に本題に入った。

「シアランの神官が王宮にいます」

声を低めて言ったリヒャルトをちらりと見やり、ジークは何の動揺もなく積まれていた封書《ふうしょ》に目を通しはじめる。

「会ったのか」

「……ご存じなのですか」

「挨拶《あいさつ》に来たからな」

こともなげに言われ、リヒャルトは眉根《まゆね》を寄せた。そんな重要なことを黙っていたとは。さすがに冷静でいられなくなる。

「そう不満そうな顔をするな。会ったのは聖誕祭の夜だぞ。ミレーユとの逢瀬《おうせ》で忙《いそが》しいだろうと思って、気を遣《つか》って知らせなかったんだ」

「何をしに来ているんです?」

ジークは少し黙ってから、表情を変えずに口を開いた。

「ショールはもらったのか」

「──は?」

「ミレーユに聖誕祭のショールはもらったのかと訊いている」

脈絡《みゃくらく》のない話題転換に面食らい、リヒャルトは答えに詰《つ》まった。あの夜、ミレーユが自分のためにショールを編んでいたと告白してくれたときの驚きと甘やかな感情を思い出し、つい目をそらしてしまう。

「いえ……」

「もらえなかったのか。可哀相《かわいそう》に」

憐《あわ》れむように言われ、少しかちんときた。事実だが、他人に言われると面白《おもしろ》くない。

「関係ないでしょう、それは。今は神官の話を──」

「ではまだ手を出していないということか。贈《おく》り物をすれば好きな女性に口づけできる素晴《すば》らしい日を、なぜ利用しないのだ。まじないを忘れていたわけでもないだろうに」

「……」

「きみのほうは何か贈ったのだろう。ショールをもらえなかったから義理堅《ぎりがた》く手を出さなかったというわけか。絶好の機会をふいにするとは……男としての器量を疑ってしまうな」

ちくちくと言われて不機嫌《ふきげん》を積もらせるリヒャルトを面白がるように眺《なが》めていたジークは、

ふと思いついたように表情をあらためた。

「まさか、やり方を知らないのか？　それならそうと早く言いたまえ。いつでも手取り足取り教えてやるのに」

言いながら立ち上がって歩み寄ってくるのを、リヒャルトはため息まじりに見返した。

「……いえ、結構です」

「遠慮《えんりょ》するな。まず顎《あご》をこう持ってだな」

「結構です」

いくぶん強くなった口調とまなざしに、ジークはようやく悪ふざけをやめて微笑《びしょう》した。

「心配せずとも、きみに不利になるようなことはない。ちょうど今、陛下のもとでそのことをお話ししてきたところだ。――内密とはいえ使者だからな、危害は加えるなよ」

国王にまで話が通っているのを知り、リヒャルトは強《こわ》ばった頬《ほお》をわずかにゆるめた。取り乱しかけていた頭が冷えていくのを感じながら、何かあるとすぐ疑心暗鬼《ぎしんあんき》になりがちな自分の性《しょう》分《ぶん》を恥《は》じた。

「そういうことだから、ミレーユに手を出すなら早めに仕掛《しか》けるように」

部屋を辞そうとする背中に冷やかしの声がかかる。眉根を寄せて振《ふ》り向いたリヒャルトは、ジークが思いのほか真面目《まじめ》な顔でいたことに戸惑《とまど》いを覚えた。

――彼がその言葉の真意を知るのは、もう少し先のことになる。

第三章　絵画の中の少年

「本当に、綺麗《きれい》どころを用意したのだろうな？」

うさんくさそうに目を向けるグレンデル公爵《こうしゃく》に、フレッドは笑顔《えがお》でうなずいた。

「もちろんです。とびきりの美女ぞろいですよ。楽しみにしていてください」

満更《まんざら》でもなさそうに公爵は鼻を鳴らす。グリンヒルデへ来て数日が経《た》つが、いまだ国王への謁見叶《えっけんかな》わず、目当ての王子にもお目にかかれていない。貴族たちのサロンを夜ごと回ってはいるが、随行《ずいこう》者のせいで本題をなかなか誰にも切り出すことができずにいる——らしい。

大概苛立《たいがいいらだ》ちが募《つの》っているであろう公爵を接待するべく、フレッドは彼をとある建物へと案内しているところだった。

「こんな場所に、とびきりの美女がいるというのか？」

飾《かざ》り気のかけらもない静かな棟《むね》へ入るのを見て、公爵は不審《ふしん》な顔になる。フレッドは胸に手を当ててうなずいた。

「真の美というのは、簡素な中にこそ潜《ひそ》んでいるものです。もちろん、ぼくのように華《はな》やかさあふれる美もこの世には存在しているわけですが」

「何でも構わん。疲《つか》れたから早く休ませろ。歩かせすぎだぞ」

「ははは。すみません」

のんきに笑って苦情を流したフレッドは、視界の端《はし》を何かがかすめたのに気づいてふと顔を向けた。

回廊《かいろう》の突《つ》き当たり、交差するあたりを、すっと横切っていった影《かげ》。ほんの一瞬《いっしゅん》しか見えなかったが、それは奇跡《きせき》のように記憶《きおく》の中にある顔と重なってよみがえった。

「――ちょっと失礼」

短く言い置き、フレッドは急いでそちらへ向かった。

歩いて行った黒髪《くろかみ》の若い紳士《しんし》。年齢《ねんれい》のわりに童顔で、やけに青白い顔をしているあの青年に似てはいなかっただろうか。

角の手前で注意深く顔をのぞかせる。だがそこに誰の姿もないのを見て、拍子抜《ひょうしぬ》けしたように表情をゆるめた。

「フレデリック、何をしとるんだ」

「ああ、今行きます」

苛立《いらだ》ったような声にのんびりと答え、フレッドはもう一度回廊を見た。

(気のせいか……)

彼がこんなところにいるわけがない。それはわかっていたが、妙《みょう》に胸騒《むなさわ》ぎがした。

部屋の中にいるのはふたりだけだった。

しっかりと窓や扉《とびら》を閉めきって明かりも落とした室内には、緊張《きんちょう》した空気が流れている。

「あなたをお慕《した》いしています……。一目見たときから、あなたの虜《とりこ》になってしまいました」

頬を染め、うるんだ瞳《ひとみ》でシャルロットはミレーユを見つめていた。

彼女の表情は、まさしく恋《こい》する乙女《おとめ》のそれだった。熱っぽく切なげなまなざしで愛を告白され、ミレーユは思わず半歩後退《あとずさ》る。

「燦然《さんぜん》と輝《かがや》く太陽のようにまぶしくきらめく金色の髪。海よりも深く清らかな青灰色の瞳。あなたはきっと、地上に落とされた天使様ですわ。涼《すず》やかなそのお声と甘くとろけそうな笑顔に嫉妬《しっと》した太陽神が、あなたを追い出してしまわれたのね。ああ、なんてお可哀相に――」

美辞麗句《びじれいく》をよどみなくつむぐ彼女に、ミレーユはごくりと喉《のど》を鳴らして口を開いた。

「……じ、自分だけそんなこと、を、言うなんて、ひどい人……だ」

つかえ気味の棒読み台詞《ぜりふ》に、シャルロットは潤んだ目で見つめたまま頬をぴくりと動かす。

「僕にも、褒《ほ》めさせてくれないか？　き、君の髪は銀色で、ひそやかに降る……悲しい雨、みたいだ。見つめていると、抱《だ》きしめたくなってしまう。君の瞳は、……ひ、瞳は……」

「……琥珀色《こはくいろ》で」

「あ、そうそう、琥珀色で、えと、異国にあるという甘いお菓子《かし》に似ている。優《やさ》しい香《かお》りと幸せを運ぶ不思議な菓子、みんなが求めるというその琥珀色が憎《にく》らしい。僕だけのもので、いて欲しいのに。君の声は……」

「ああもう、全然だめですわ！」

堪忍袋《かんにんぶくろ》の緒《お》が切れたようにシャルロットは叫《さけ》んだ。びくっと口をつぐむミレーユを見ながら、傍《かたわ》らにあったぬいぐるみをつかんですかさず拳《こぶし》をたたきこむ。

「いつになったらまともに台詞が言えるようになるのです？　あなたがすらすら言えるところはお菓子に関連する台詞だけではありませんか。だいたい、感情がまったくこもっていませんわ。そんなことでは我が歌劇団の主役の座は背負えませんわよ！」

ぼすり、と顔をゆがませるぬいぐるみを見て、ミレーユは青ざめた。あれの二の舞《まい》にならないためにも台詞を覚えなければいけないのだが、なにぶん字を読むことが苦手なので、台本を開くだけでも一苦労なのだ。

そんなだめっぷりに痺《しび》れを切らしたシャルロットによって、ミレーユは毎日しごかれていた。フレッドの身代わりとして参加しているため他《ほか》の団員の前ではこんな姿を見せられず、別室でふたりきりの稽古《けいこ》に励《はげ》んでいるのである。

「硬いですわねえ……。もう少し、あたくしに対してやわらかい姿勢をとってくださらない？　緊張しすぎているみたいだわ」

難しい注文をされ、ミレーユは言葉に詰まる。何かある度《たび》にぬいぐるみを殴《なぐ》るような恐《おそ》ろしい人にやわらかく接するのは、たぶん自分には無理だ。相手が男ならどれだけ脅《おど》されてもどうということはないのだが、これが女の子――しかも一見可憐《かれん》な美少女であるため恐ろしさが余計に際《きわ》だち、強気に出ることができないのである。

「そうだわ。まず、その敬語をやめてくださる？　名前にさまを付けるのも禁止ね。恋人《こいびと》同士の役ですもの、もう少し私生活もうち解けたほうがいいと思うわ」

「え……。でも」

「やらないと……キスしますわよ？」

にっこりと笑って脅され、ミレーユはさらに青ざめた。彼女なら本当にやりそうだ。なまじ「殴るわよ」などと言われるより、あり得る分その脅しのほうが怖《こわ》い。

「そ、それは困りますっ」

「だったら、言うことをお聞きなさいな」

無茶苦茶な理屈《りくつ》だ。だが、唇《くちびる》の貞操《ていそう》を守るためには従うしかない。

「わかりまし……、わ、わかったわ」

ぎくしゃくしながらも何とか受け入れると、シャルロットは満足げに微笑んだ。性格は厄介《やっかい》な人だが、その笑顔は相変わらずとびきりの美しさである。

「じゃあ、今日はここまでにいたしましょう。あたくしはこれからサロンをめぐって、フレッドと今後のことを話し合ってきますわ。歌劇団の宣伝はあらかた終わったことですし。あなたのほうは順調？」

「ええ、まあ。作曲家の先生は脚本《きゃくほん》に感動したらしくて、二日で五曲も書き上げてくださって。

あと三日くれたら残り十曲を書けるからって」

「衣装や小道具は？」

「もう仮縫《かりぬ》いに入ったらしいです。小道具は白百合騎士《しらゆりきし》団のみんなに協力してもらって作ってますけど、最近なんだか接待で忙《いそが》しいとか言ってて、あまり進んでません」

俺らも手伝うぜというありがたい申し出を受けたはいいが、乙女による劇団という手前出演してもらうわけにもいかず、裏方の仕事を頼《たの》むことにしたのだ。

シャルロットがにやりと笑《え》み、ミレーユの両頬《りょうほお》に手を伸《の》ばしてきた。

「敬語を使いましたわね。罰《ばつ》としてキスさせなさい」

「ひぇッ、ご、ごめんなさいっ」

慌《あわ》てふためいて飛び退《すさ》ると、彼女はおかしそうに笑い出した。

「純情なのね。フレッドとは大違《おおちが》い」

「……」

「それに超《ちょう》のつくお人好《よ》しだわ。この前のあれ、あたくしを庇《かば》うために白薔薇《しろばら》の方たちの犠牲《ぎせい》になろうとしてくれたんじゃなくて？」

フレッドと親しげなことを匂《にお》わせる彼女の発言が気になったが、その一言ですっかり忘れていたことを思い出した。

「だって、あの人たち、フレッドのこととなると野獣《やじゅう》みたいになるし……。シャルロットさま……、いや、あなたが餌食《えじき》になるんじゃないかと思ったらいてもたってもいられなくて」

「シャロンでいいわ。もちろん呼び捨てね」

さらりと言い、彼女は肩《かた》をすくめて続けた。

「別に良かったのに。助けてくださらなくても、あたくしひとりで何とかできましたわ」

「まあ、そうかもしれないけど……」

平然と対応していた姿を思い返してつぶやくと、シャルロットは少し笑った。

「助けにきてくれたことには感謝していますわ。でもあれはしょうがないの。あたくし憎まれ役が好きだから、ついああいう態度をとってしまうのよ」

「憎まれ役？」

「ええ。大好きよ、演じがいがあるもの。相手から憎々しげな目で見られたりしたら、飛び上がって喜びたくなっちゃう。ああいう役柄《やくがら》を完璧《かんぺき》にやってこそ、役者として成長したと言えるのではないかしら」

シャルロットはいきいきとした瞳をして語り、なぜかぬいぐるみをぶっ叩《たた》いた。

これが女優魂《だましい》というものだろうか。彼女の研鑽《けんさん》のために怒《おこ》らされた人たちは気の毒な気がするのだが。それにしてもぬいぐるみを殴る意味がわからない。

「あの……それはもしかして、鬱憤《うっぷん》解消法なの？」

おそるおそる訊《たず》ねると、シャルロットは不思議そうな顔になった。

「なんですの、それ？　これは我が故郷サヴィアーに伝わる由緒正《ゆいしょただ》しい縁起《えんぎ》担《かつ》ぎの儀式《ぎしき》ですわ」

「え……縁起担ぎ？」

「ええ。この人形はサヴィアーの守り神をかたどったものですの。これを殴ることによって、自分についた悪運や災《わざわ》いを引き受けてくださるというわけね。サヴィアーの女性は皆《みな》これを持ち歩いていて、何かある度《たび》にボコボコにしていますわ」

「へ、へえ……」

事実を知って、ミレーユは驚《おどろ》くと同時に少し安心した。彼女が単なる乱暴者の猫《ねこ》かぶり娘《むすめ》でないとわかったのは非常に喜ばしいことだ。

「──あれ？　でも、……えーと、シャロンはリゼランド人でしょ？　お父さんはリゼランドの貴族だし」

サヴィアーは大陸北部にある小国で、リゼランドからはだいぶ遠い。だが言われてみれば、彼女の外見は美女の代名詞でもあるサヴィアーナの民族的特徴《とくちょう》と一致《いっち》したところがある。

シャルロットは意外そうな顔でミレーユを見た。何も聞いていないのかと言いたげな目だ。

「母がサヴィアー人なの。父の屋敷《やしき》で働いていて、お手がついて生まれたのがあたくしというわけ。二年前に父に引き取られてリゼランドへ来るまで、ずっとサヴィアーにいましたわ」

「そうなの？」

「ええ、普通《ふつう》の村娘でしたわ。あなたと同じ……と言ったら気を悪くするかしら。あなたのお父様は、娘に政略結婚《けっこん》を押しつけたりなんてなさらないでしょうしね。──ですから本当に、敬語を使ったりしていただくことはないのよ」

彼女がジークの縁談相手だったことをミレーユはあらためて思い出した。今の言葉を聞くかぎり、父親である公爵《こうしゃく》に命じられて縁談に乗った――というところなのだろうか。

確かに、貴族の隠《かく》し子で庶民《しょみん》育ちという点では共通している。しかし政略結婚のせの字も出したことのないエドゥアルトと彼女の父親とでは、娘に対する認識《にんしき》がだいぶ違《ちが》うようだ。

「――いいの？　お父様はあなたを利用しようとしてるんじゃ」

シャルロットは少し驚いた顔をしてから、にやりと邪悪《じゃあく》な笑みを浮《う》かべた。

「心配してくださるの？　優しいのね。好きになってしまいそうだわ。でも、その前に台詞《せりふ》をきちんと覚えてくださるともっと嬉《うれ》しいのだけれど」

痛いところを突《つ》かれて、ぐっと言葉に詰《つ》まる。シャルロットはくすくすと笑みをこぼしながら窓のほうへと目線を向けた。

「自分で選んだことですもの、別に構いませんわ。父上には一応引き取っていただいた恩もあることだし。それに……どうしてもリゼランドへ行ってみたかったから」

そう言った彼女の横顔は、それまでのどんな表情とも違うどこか寂《さび》しげなものだった。けれどもそれはミレーユが見た中で一番自然なものに思えた。

「次の舞台稽古《ぶたいげいこ》までに台詞を覚えていなかったら、本当にキスしますわよ。よくって？」

すぐにまた笑顔《えがお》の脅しをかけてきたシャルロットに若干怯《じゃっかんおび》えつつも、彼女のことが以前ほど苦手ではなくなっているのに気がつく。ただ傍若無人《ぼうじゃくぶじん》なだけの少女ではないのかもしれないと思ったのは、自分と似たような生まれに共感してしまったからだろうか。

シャルロットに身支度《みじたく》を手伝ってもらいドレス姿になったミレーユは、サロンめぐりをするという彼女とふたりでリディエンヌの宮殿《きゅうでん》を出た。

彼女の話によれば、グレンデル公爵のお供をしているフレッドは昼間はあまり王宮に出ず、夜は公爵と一緒《いっしょ》に貴族のサロンを渡《わた》り歩いているらしい。それもあって、リディエンヌの宮殿に泊《と》めてもらっているミレーユは、別邸《べってい》に滞在《たいざい》中の公爵と顔を合わせることはまずなかった。

男装しての稽古《けいこ》もそこで行われるし、衣装や楽団の手配などで駆《か》け回る時には女装して出向き、「ベルンハルト伯爵《はくしゃく》の使いです」と言えば通じる。同じ王宮にフレッドがいる状態での身代わり生活は、いちいち着替《きが》えるのが面倒《めんどう》ということをのぞけば別段不自由ではなかった。

（ていうか、身代わりになる必要あるのかしら……）

シャルロットと別れてひとりで回廊《かいろう》を歩きながら、ちらりとそんな疑問が頭をよぎる。しかし男役をやる以上、男装すればフレッドに間違えられるのは確実なので、彼のふりをしていたほうが都合が良いのだから仕方がない。

「――ミレーユ」

ふいにどこからか名を呼ぶ声が聞こえ、ミレーユは我に返って視線をめぐらせた。庭で手をひらひら振《ふ》っている男に気づき、驚いてそちらへ下りる。

「まだ王宮にいたの、ヒース」

「いるさ。仕事だもんよ」

ヒースは軽く髪《かみ》をかきあげながら、灰紫《はいむらさき》の瞳《ひとみ》を細めてミレーユを眺《なが》めた。

「おまえと積もる話もしたかったし……。あの怖《こわ》いお兄さんがいつも一緒なんでなかなか話しかけられなかったけど」

その言葉で、明らかに様子のおかしかったリヒャルトのことを思い出す。あれ以降、彼はどこへ行くにもミレーユの傍《そば》を離《はな》れなかったが、たまたまジークに呼び出されて席をはずしている時にちょうどヒースと会ってしまった。なんとも間の悪いことだ。

「……ねえ、リヒャルトと何かあったの？　ていうか、どういう知り合い？」

思わず声をひそめて訊ねてみる。ヒースと絶対に関《かか》わるなと言ったときの彼は尋常《じんじょう》な様子ではなかった。よほどの確執《かくしつ》があったに違いない。

「俺のことで何か言われたのか？」

「いや、別に言われてはないけど……」

実際はかなり激しい口調で言われたが、気を遣《つか》って黙《だま》っておくことにする。

しかし、ヒースに罪はない——はずなのだが、リヒャルトの要求にうなずいてしまった手前、彼とふたりで話をするのはまずいような気がしてきた。といってミレーユにとっては昔なじみの懐《なつ》かしい人だし、冷たく無視するなどできるわけもない。

どう対処したものかと悩《なや》んでいると、ヒースが急に深々としたため息をついた。

「……俺は今、猛烈《もうれつ》な自己嫌悪《けんお》に陥《おちい》っている」

「……は？」

「ガキの頃《ころ》を知ってる娘にほんの少しとは言えときめいちまうなんて……。しかも……ぺろりとやっちまったなんて……」

苦悩《くのう》の顔つきで壁《かべ》にもたれ、彼はやるせなさそうにミレーユを見つめる。

「そうだよなあ。考えてみりゃ、そうなんだよな。ああ……気づかなかった俺が馬鹿《ばか》だった」

「何ぶつぶつ言ってるのよ？」

不審《ふしん》に思って見返すと、ヒースは気を取り直したように小さく息をついて顔をあげた。

「――綺麗《きれい》になったたな、ミレーユ」

ミレーユは耳を疑った。しばし唖然《あぜん》とし、おそるおそる聞き返す。

「え……？　そう？　あたし、綺麗になった？」

「ああ」

ヒースはあっさりとうなずく。これまでそんなことを言ってくれた人はいなかったため、ミレーユは浮き立った。何しろ恋人《こいびと》いない歴をまっしぐらに更新《こうしん》中の十七歳なのだ。

「なに嬉しそうな顔してんだよ。言われたことないのか？」

「な、ないわよ。暴力女とかならしょっちゅう言われてたけど」

おかしそうにヒースは笑い出した。眼鏡《めがね》をはずし、笑《え》みまじりに続ける。

「そりゃ、おまえの周りのやつらが悪いな。美人には美人ってはっきり言ってやらないから、こんなじゃじゃ馬が出来上がるんだ。おまえにぶっ飛ばされるのが怖くて褒《ほ》められなかった根《こん》性《じょう》なしばっかりだったんだな」

「なんで褒められてぶっ飛ばすのよ。ちゃんとありがとうって言うわよ、褒められたら」

「あー……、中身はまだ子どもなのか。そりゃ周りのやつらも手出しできねーわな」

「誰が貧乳よ！　失礼な」

「……人の話を聞かないところは全然変わってないのな」

ぼそりとぼやき、少し間をおいて彼は言った。

「あいつはそういうこと言ってくれないのか？　ほら、ラドフォードのお坊《ぼっ》ちゃま。いかにも言いそうな顔してたけど」

「リヒャルト？」

確かに彼は綺麗だと褒めてくれたことがある。しかしあれは着《き》飾《かざ》った姿を賞賛してくれたのであって、子どもの頃を知っているヒースに言われたのとでは同じ台詞《せりふ》でも意味が違う——ような気がする。

「おまえ、あの男とどういう関係なんだ」

いきなり思いもよらない質問をされ、ミレーユは面食《めんく》らった。

「どうって……、一言じゃ言えないわよ。ていうか何よ、急に」

「恋人なのか他人なのか、どっちかはっきりしろ」

「なんでその二者択一《にしゃたくいつ》なの？」

文句をつけたら、じっと見つめられた。怪訝《けげん》に思いながらミレーユは首をひねる。

「……どっちでもないわ。リヒャルトはうちのお兄ちゃんの親友なの。それであたしのことも面倒《めんどう》見てくれてて……」

「ああ、あのおっかない兄貴な。可愛《かわい》い顔して殺《や》る気満々の」

笑いながら言ったヒースを、目を丸くして見上げる。

「フレッドを知ってるの？」

「ベルンハルト伯爵、だろ？」

間髪入れずに返ってきた答えに、ミレーユは彼を凝視《ぎょうし》した。気だるげな灰紫の瞳に見つめ返され、ようやく事態を察してうろたえる。

ベルンハルト伯爵の妹だということを知られている。存在が明るみに出てはいけないのに、いくら昔なじみとはいえ、これはまずいのではないだろうか。

「そんなに慌《あわ》てなくていい。もう知ってるよ。おまえがベルンハルト公爵の娘《むすめ》だって」

「な……なんで」

「悪いな。ちょっと調べさせてもらったんだ。知ってる名前が出てきて気になったもんでね」

ヒースは髪をかきあげながらさりげなく目をそらす。その横顔にミレーユは懸命《けんめい》に訴《うった》えた。

「お願い、誰にも言わないで。あたしのことが知られたら、フレッドとパパが困ったことになるみたいなの」

「……もう遅《おそ》い」

低くつぶやいたヒースをミレーユは訝《いぶか》しげに見上げる。しかし彼はすぐに表情を戻《もど》した。

「わかったよ、俺は言わない。仕事だしな」

「仕事って、なんなの？」

踵《きびす》を返そうとする彼を、ミレーユは思わず呼び止める。そういえば彼の本業とやらをとうとう聞けずじまいだったと思い出したのだ。

彼は少し考えるように黙り込み、おもむろに手をのばしてきた。

「次会ったときに教えてやるよ。――またな」

ミレーユの頭を軽くぽんぽんとたたくと、ヒースは笑みを浮《う》かべて庭を出て行った。


石造りのその舞台《ぶたい》は、今ではもうほとんど使われていないという。あちらこちらにからまった蔓《つる》が、古代の異国の神殿《しんでん》のような劇場に趣《おもむき》を添《そ》えていた。

「……意外と広いですわね」

一目見るなり、シャルロットが感心したようにつぶやく。円形の野外劇場は周囲を円柱でぐるりと囲まれており、正面にある舞台も石造りの重厚《じゅうこう》なものだった。大きな柱が舞台の四隅《よすみ》に立ち、その上に石の梁《はり》がかけられている。上れるようになっているらしい。舞台の背面は吹《ふ》き抜《ぬ》けになっていて、城壁《じょうへき》と稜線《りょうせん》が遠くに見えている。

「すごくいい雰囲気《ふんいき》！　物語の内容ともぴったりだわ」

同じように見渡《みわた》しながら、ミレーユは声をはずませた。この場所を教えてくれたセシリアにあらためて感謝したい気分だ。

ふたりはグリンヒルデ郊外《こうがい》にあるラファーガルド宮殿に来ていた。王宮から馬車で一時間ほどの距離《きょり》にある、王家の別荘《べっそう》として使われている小さな離宮《りきゅう》である。この庭にある野外劇場を想定して物語を書いたとセシリアから聞き、どんな場所かと見に来たのだ。

「でも、この季節に野外でやるのは難しいのじゃなくて？　夜はかなり寒いでしょう」

「じゃあ、野外じゃなくしたらいいわ。円柱の間を板や布でふさげば即席《そくせき》の劇場になるし」

提案したミレーユに、シャルロットは意外そうな目を向ける。

「天井《てんじょう》を全面ふさぐのはちょっと難しいだろうから、雨が降っちゃったらもう舞台どころじゃないけど……。でも篝火《かがりび》をたいたりすれば寒さも少しはましになるんじゃないかしら」

「……」

「あ、でも、そっか。お客さんは貴族の人たちだから、貧相な劇場って言われるかも」

ミレーユが通っていた劇場街ではそういう簡素な劇場も多かったのだが、貴族相手の舞台となるとさすがにそういう場所はまずいだろうか。

すると、黙っていたシャルロットがフンと鼻を鳴らした。

「そんな輩《やから》は舞台の演技で黙らせればいいのですわ。そういうのに限って、終わったころには感動して泣いていたりするものよ」

「じゃあ、ここでやります？」

「……敬語使いましたわね？」

はっとミレーユは口を手でふさぐ。シャルロットは噴《ふ》き出しそうな顔になった。

「ええ、決まりね。まずは掃除《そうじ》から始めないといけないでしょうけれど」

「それは白百合《しらゆり》のみんなに頼《たの》んでみるわ。即席劇場作りも。筋肉使う力仕事が三度の飯より好きな人たちだから」

「まあ頼もしい。殿方《とのがた》は逞《たくま》しくなくては」

風が吹き抜けていく。からまり損《そこ》ねた蔓が吹かれて乾《かわ》いた音をたてるのを、シャルロットは思案顔で見やった。

「けれど、少し地味じゃなくて？　乙女《おとめ》のための公演ですもの、もう少し華《はな》やかにしたほうがいいわね」

「花を飾《かざ》るとか……？　でも今の季節に花なんて……」

「王宮の薔薇《ばら》園がありますわよ」

その指摘《してき》にミレーユはぽんと手をたたいた。年中花が絶えないというあの薔薇園になら、きっと今も何かしら花が咲《さ》いているはずだ。

「あたし、ジークに交渉《こうしよう》してみるわ。何の花がいいかしら」

舞台を見ただけなのに、頭の中でどんどん場面が広がっていく。劇場街へ通っていた頃のわくわくした気持ちを思いだしてやる気をあふれさせていると、シャルロットがちらりと視線を向けてきた。

「ジーク、ね……。あなた、王太子殿下《でんか》とは相当親しくしていらっしゃるみたいね」

その言葉に、ミレーユは自分にかけられていた疑惑《ぎわく》を思い出した。

「いや、愛人候補っていうのは、ほんとに誤解で――」

「仕方ありませんわね。リディがあなたと後宮で戯《たわむ》れたいとおっしゃるのだもの。あなたにヤキを入れたらリディが悲しむでしょうから、第二夫人になるのは見逃《みのが》して差し上げるわ」

「だから、違《ちが》いますってば！」

「キスするわよ？」

うぐ、と言葉に詰《つ》まる。敬語が抜けきらないため、会話するのも一苦労だ。

振《ふ》り回されっぱなしのミレーユを見て、シャルロットはおかしそうに笑った。

「本当に素直《すなお》な人ね。フレッドが過保護になる理由がわかる気がするわ。肝心《かんじん》なことは何一つ知らせないずるい男だと思っていたけれど、そうやって守っているのかもしれないわね」

何の話だろうと首を傾《かし》げると、彼女はふと試《ため》すような目になってじっと見つめてきた。

「あなたがこの先もずっとリディと仲良くしてくださるというなら、少しだけ秘密を教えてあげますわ。あなたおひとり、何も知らされていないなんてお気の毒だし」

「秘密？」

吹き付ける風に眉《まゆ》をひそめながらシャルロットは歩き出す。庭の噴水《ふんすい》のほうへ向かうのをミレーユも追いかけた。

「あの事件の真相と言ったらいいのかしら。あなたも巻き込まれたという、あれですわ」

「……リディエンヌさまが誘拐《ゆうかい》された……？」

「ええ。あたくしのせいでね。——それなのにあたくしたち親子がのこのこと王宮を訪《おとず》れているなんて、不思議でしょう？」

　確かにそれはずっと疑問に思っていたことだった。遠慮《えんりょ》がちにうなずくと、シャルロットはどこか冷めたような瞳《ひとみ》をして続けた。

「父上がリディの事件で罪に問われなかったのは、あたくしが他《ほか》のやつらをアルフレートに売ったからなのですわ」

「売った……？」

「ええ。うちの父上は、それはもう呆《あき》れるほどにお馬鹿《ばか》さんなの。そのくせ半端《はんぱ》に野心を持っているものだから、悪党どもに利用されて、しかもそれに気づいていなくて……。だからあたくしが代わりに悪党どもを利用し返してあげたというわけ」

　悪びれずに言い放ち、彼女はふとミレーユへ目を向けた。

「あなた、デルフィーヌさまと面識は？」

　いきなり祖母の名前を出され、面食《めんく》らって首を振る。

「あたしがパパのことを知ったのは、今年の春だから……」

「そう。あなたのお祖母《ばあ》さまは、なかなかすごい方でしたわ。国王に見初《みそ》められて妃《きさき》になられて、ご実家のモントルイユ家も格が上がって、一族中に爵位《しゃくい》や領地を与《あた》えられて……。あとは何とかエドゥアルトさまに王位を継《つ》がせようと、亡《な》くなる間際《まぎわ》までそればかり考えていらしたわ。そういう方だったから、今上陛下とは折り合いがあまりよくなかったみたい」

父と母の恋《こい》を引き裂《さ》いた祖母が、父を王位につけるのに異様に執着《しゅうちゃく》していたのは聞いたことがある。だが国王との仲が悪化するほどだったとは、父や兄の現状からは想像できなかった。

「だから、あたくしたちの一族は今上陛下にあまりよく思われていないはずよ。エドゥアルトさまはいい方だし、三大公爵家の当主として信頼《しんらい》されていらっしゃるけれど、デルフィーヌさまがあまりにも強烈《きょうれつ》な方だったから……。そんな一族が推《お》す花嫁《はなよめ》候補を国王も王太子も受け入れるわけがないって、誰も気づかなかったのかしらね」

いまいましげにシャルロットは眉根《まゆね》を寄せる。

リゼランド宮廷《きゅうてい》にも親女王派とそうでない派閥《はばつ》がいくつもあって、ひそかにせめぎ合っているのだと前置きしてから、彼女はさらに続けた。

「あたくしがアルフレート殿下の妃になれば一族はまた美味《おい》しい思いができるものだから、父上は張り切っていたわ。それで反女王派の貴族にまんまと騙《だま》されて、あたくしを売り込んでしまったの。でもその貴族はアルテマリスの反国王派のやつらと繋《つな》がっていたのよ」

「つまり、一緒《いっしょ》になって悪巧《わるだく》みをしようとしてたってこと?」

「ええ。そのために父上を利用して使い捨てにするんだって話しているのを、はっきりとこの耳で聞いたわ。それで頭に来て、フレッドに相談してみたの。彼は国王命令でその悪巧みのことを調べていたから」

それまでの令嬢《れいじよう》風の口調を忘れたかのように淡々《たんたん》と教えてくれる。もしかしたら普段《ふだん》の彼女は、公爵《こうしやく》令嬢という人格を演じているのかもしれない。話に聞き入りながらもそんなことをふと思った。

「あたくしが情報を流したことへの見返りとして、父上は罪に問われずに宮廷を追われるだけで済んだけれど、何も知らないものだから縁談《えんだん》をぶちこわされて怒《いか》り狂《くる》っていたわ。宮廷に入れないことが耐《た》えられないらしくて、また懲《こ》りずに何かやらかそうとしているの。本当にお馬鹿さんなんだから」

言葉とうらはらに、彼女が父親を心配しているのは間違《まちが》いなかった。灰色の瞳には苛立《いらだ》ちと憂鬱《ゆううつ》のようなものがない交ぜになっている。

「もしかして、シャロンが王宮へ来たのは、それをフレッドやジークに伝えるため……？」

そういえば彼女は数日前にジークのもとへ殴《なぐ》り込みをかけに行ったのだった。そのことを思い出して訊《たず》ねると、シャルロットは少し遠い目になってうなずいた。

「それもあるけれど、一番の目的はやっぱりリディのことね。アルテマリスの宮廷といえば堅《かた》苦《くる》しいことで有名ですもの。リゼランド宮廷の自由な雰囲気《ふんいき》で過ごされてきたリディは、慣れないことばかりでお辛《つら》いと思うわ」

「……堅苦しい……？」

壺《つぼ》を投げる王女や熊《くま》の着ぐるみを着て歩く王子や筋肉をきたえてばかりの騎士《きし》などが棲息《せいそく》する王宮が、果たして堅苦しいと言えるのだろうか。

「それでこの堅苦しい宮廷に自由な風を吹《ふ》き込み、そのことによってリディのことを認めさせることができれば素晴《すば》らしいんじゃないかと思ったの。同じ趣味《しゅみ》のお仲間もできるでしょうしね。気の置けない話し相手が王宮にフレッドひとりだけなんて、おかわいそうでしょう？」

好き勝手に話を進めているように見えた彼女も、結構筋道を立ててやったことらしい。ただのお遊びとばかり思っていたミレーユは彼女のことを見直した。

しかし気になるのは兄のことだ。国王命令で動いていることもそうだが、リディエンヌとかなり親しげなのが意外である。

「フレッドとリディエンヌさまって、そんなに仲良しな関係だったんだ……」

「あたくしよりも付き合いは長いはずよ。リディと王太子を結びつけたのもフレッドだし」

「え、ほんと？」

てっきりリディエンヌがこの王宮へ来てからの付き合いだと思っていた。

「一生ずっと大親友だって言っていたけれど、婚約《こんやく》してからは前のように親しくしてくれないって、リディは寂《さび》しがっていたわ」

「……」

一生ずっと大親友という称号《しょうごう》は、フレッドにとって果たして名誉《めいよ》なのだろうか。彼の心中を思ってミレーユは少し切なくなった。

「それでリディのために一緒に何かやってくれないかと持ちかけるつもりだったのだけれど、彼は父上のほうにかかりきりになってしまったでしょう？　だからあなたが協力してくれて感謝していますのよ。あたくしひとりじゃ異国の宮廷でどうにも出来なかったもの。本当にありがとう」

シャルロットは急にあらたまったように礼を言った。これまでと落差のありすぎる殊勝《しゅしょう》な態度についたじろいでしまう。

「……脅《おど》さなくても、リディエンヌさまのためなら喜んで協力したのに」

「そうね。あなたに目をつけて正解だったわ」

にっこりとシャルロットは笑う。相変わらずの物言いだが、友情に厚い彼女のことがミレーユは少し好きになった。


一通り野外劇場の周辺を見て回り、一休みしようと離宮《りきゅう》の中へ入ったところで、ミレーユは意外な人物を発見した。

陽射《ひざ》しがあるとはいえこの寒空の下、バルコニーに陣取《じんど》って杯《さかずき》を傾《かたむ》けているのはヴィルフリートだった。考え事でもしているのかやけに難しい顔つきをしている。

先日出くわした時に吐血《とけつ》した彼は、あの後離宮に静養にきていたらしい。具合は大丈夫《だいじょうぶ》なのかと心配になって見ていると、シャルロットが緊迫《きんぱく》した様子で訊ねてきた。

「もしかして、第二王子？」

「ええ、そうだけど」

何事かと思いながらうなずくと、彼女はため息まじりに王子へ視線を戻《もど》した。

「今度はあの王子様に縁談を持ちかけようとしているのよ、うちの父上。まったく、どうしようかしら」

「ええ⁉　どっ、どうするのっ」

こっちのほうが動揺《どうよう》してしまい思わず挙動不審《ふしん》になってしまう。その必要もないのに隠《かく》れようとしていたら、奇声《きせい》を聞きつけたのかヴィルフリートがこちらを見た。

ぎょっとしたように目をむいた彼は、よほど驚《おどろ》いたのか持っていた杯をひっくり返した。周りにいた近衛たちが慌《あわ》てて王子に群がり、騒《さわ》がしく世話を焼き始める。

「……フレデリック。こんなところで何をしている」

ややあって自分を取り戻したらしい王子は、ゴホンと咳払《せきばら》いして不機嫌《ふきげん》そうに口火を切った。

「え……えっと、こちらの令嬢を離宮にご案内していたところでして」

そういえば男装していたと思い出し、ミレーユは慌てて笑《え》みを返す。

「シャルロット・ド・グレンデルと申します。初めまして、ヴィルフリート殿下《でんか》」

清楚《せいそ》な貴族令嬢の仮面をかぶり、シャルロットが挨拶《あいさつ》する。王子はしばし沈黙《ちんもく》したが、やがて近衛に命じた。

「席を用意してさしあげろ。それと杯を」

戸惑《とまど》って見つめるミレーユに、彼は面白《おもしろ》くなさそうな顔で言う。

「おまえじゃないぞ、そちらのご婦人をもてなすだけだ。王宮から来たのならお疲《つか》れだろう」

「まあ、ありがとうございます。お優《やさ》しいんですのね」

感激したように目をうるませるシャルロットの隣《となり》で、ミレーユは彼女とそっくり同じ意見を内心つぶやいていた。そう言えば彼は女性に対しては紳士《しんし》的だ。ミレーユも女装している時にはいつも優しく接してもらった。となるとやはり、フレッドの姿の時に辛辣《しんらつ》な態度をとられるのは、兄の日頃《ひごろ》の行いが悪すぎるということになるのだろうか。

席が用意され、王子が自ら酒を注いでくれる。ありがたくいただこうとしていると、やけに熱い視線を横から感じた。

「……何か？」

不思議に思って訊《たず》ねると、ぎくりとした様子でヴィルフリートは目をそらした。

「な、何でもない」

ミレーユは怪訝《けげん》に思いながらも杯を口に運ぶ。王子が椅子《いす》を蹴倒《けたお》して立ち上がった。

「待て！　やっぱり飲むなっ！」

ヴィルフリートが慌てて止めるのと、ミレーユが杯をあおるのは同時だった。

「えっ……？　あ、ごめんなさい、飲んじゃいました」

ものすごい剣幕《けんまく》で制され、ミレーユは目を丸くする。と、急に体がカッと熱くなった。

「はれ……、なんれすか、これ……」

ろれつが回らなくなり、ぐらりと上体がよろける。そのまま反動をつけて机に突《つ》っ伏《ぷ》した。ゴンと響《ひび》いた鈍《にぶ》い音に、隣にいたシャルロットが驚いたように声をあげる。

「ちょっと、大丈夫？」

「…………」

がばっ、とミレーユは起き上がった。据《す》わったような目をして正面のヴィルフリートを凝視《ぎょうし》し、少し間を置いて勢いよく立ち上がる。

「フレデリック……？　おい、どこに行くんだ！」

そのままバルコニーを駆《か》け出て行くのを、ヴィルフリートは仰天《ぎょうてん》して追いかけた。

もう何年も触《ふ》れていないそのピアノは、新品さながらの美しさを保っていた。

この前弾《ひ》いたのはいつだっただろう。そんなことを思いながらそっと手を触れてみる。ひやりとした感触《かんしょく》は、遠い日の思い出をかすかによみがえらせた。

ぼんやりと薄《うす》いもやがかかったような、記憶《きおく》の彼方《かなた》にある光景。ピアノを弾いている自分と、傍《そば》でハープを奏《かな》でる母。バイオリンを弾く少年と少女。満足げに聴《き》いている父――。

まだ小さかった妹は楽器が弾けず、曲に合わせて跳《は》ねたり歌ったりしていた。ふとそれを思い出し、唇《くちびる》がほころぶ。

きっともう覚えてはいないだろう。幸せだったシアランでの日々のことは――。

「――リヒャルト？　こんなところで何してんの」

頓狂《とんきよう》な声が思考をやぶった。

振《ふ》り向くと扉《とびら》からルーディが顔を出している。リヒャルトが向き直るのを見て、驚いた顔のまま中へ入ってきた。

「ミレーユのお供だよ。ルーディこそ、離宮に来るなんて珍《めずら》しいな」

「わたしはヴィルに呼びつけられてそのままぶらぶらしてたんだけど……。ミレーユって、あのまないた娘《むすめ》？　でもなんで離宮に」

訝《いぶか》しげに眉根《まゆね》を寄せるので、リディエンヌ主宰《しゆさい》劇団の準備のためだということを簡単に説明してやると、彼はつまらなそうにつぶやいた。

「わかんないわねえ。女ってのはどうして無意味に群れたがるのかしら」

完璧《かんぺき》に女性の姿をしているルーディが言うと、なんだか変な感じだ。椅子に腰掛《こしか》けながら、リヒャルトは思わず笑みをこぼした。

「楽しそうだし、いいじゃないか」

「そのわりになんか不満そうね」

「……そうかな」

本心では一緒《いつしよ》にいられる時間が大幅《おおはば》に減ったことを不満にも思っているが、懸命《けんめい》に駆け回っている姿を見ていると、こっちにも構ってくれとはとても要求できない。

そんな本音が伝わってしまったのか、ルーディは呆《あき》れたような顔になった。

「前から思ってたんだけど、あのちんちくりんのどこがそんなにいいの？」

リヒャルトは頬杖《ほおづえ》をついたまま、目線を落として考え込んだ。

「可愛《かわい》いし、無防備すぎて……なんだか食べたくなる」

「……」

「いや、変な比喩《ひゆ》じゃなく。そのままの意味で」

「余計やばいっつの」

突っ込みを入れるルーディをよそに、リヒャルトはぼんやりと思い返した。

「初めて会った時、いきなり殴《なぐ》られたんだ。あれ以来なぜだか目が離《はな》せない。次は何をやるのかとはらはらしてしまって」

「あんたも女に虐《しいた》げられて喜ぶ系統の男なのぉ？　血は争えないっつーか……」

惚気《のろけ》としか思えない発言を聞かされ、しらけた目をして耳の穴に小指を突っ込んでいたルーディは、ふと思い出したように声をひそめた。

「そういえばヴィルは男に惚《ほ》れてるらしくて……可哀相《かわいそう》だから惚れ薬をあげたけど、あれってどうなのかしらね。応援《おうえん》しても良かったのか、わかんないわ」

「……へえ……」

「まあそれはともかく。言っとくけど、あんたは簡単にそこいらの女とつきあっていい男じゃないのよ。わたしがこれまでどれだけ苦労して阻止《そし》してきたかわかってんの？　もし間違《まちが》いでも起きたら、あんたの母親に申し訳が立たないんだからね」

こんこんと諭《さと》すようなその言葉に、リヒャルトは苦笑《くしよう》気味に目線をそらした。

「ルーディが心配するような事態にはならないよ。そもそも俺は、彼女に男として見られてないみたいだし」

「そう？　明らかに意識してると思うけど」

「いや……、懐《なつ》かれてるのはわかる。悪い意味で信頼《しんらい》されすぎているというか……。どうやら俺のことをそういう対象として見たくないみたいだ」

だから手が出せない。たまに押してみると非常に困った顔をされるので、何だか罪悪感がわいてしまって結局押し切れないのだ。

「要するにガキなのよ。やめときなさいよ、そんなのを相手にするのは。面倒《めんどう》くさいじゃない」

したり顔で諭す魔女《まじょ》を、リヒャルトはふと見つめた。

「ルーディは、ミレーユと結構気が合うと思うけど」

「はあ？　やめてよ、そんな不愉快《ふゆかい》な勘違《かんちが》いは。鳥肌《とりはだ》が立つわ」

「仲良くしてくれると、いざというとき安心できるんだけどな」

とんでもないことをやんわりとお願いされ、ルーディは目をむいた。

「なんでわたしが」

「他《ほか》に頼《たの》める人がいない」

真摯《しんし》なまなざしで即答《そくとう》され、心底嫌《いや》そうにため息をつく。

「女は嫌《きら》いなのよね……」

「では、わしが代わりに仲良くさせていただこうかのう」

急に第三者の声が割り込んだ。

入り口に立っていたのはラドフォード男爵《だんしゃく》だった。神出鬼没《しんしゅつきぼつ》の祖父は、何がそんなに楽しいのか今日もにこにこ笑っている。

「また旅に出ますのでな。その前に孫どのに挨拶《あいさつ》をと思いまして。こちらに行かれたと王宮でうかがったもので」

入ってきた男爵は、いやに嬉《うれ》しそうにごそごそと手荷物から何かを取り出す。

「先日、ルーヴェルンの土産《みやげ》物屋でいいものを見つけましてのう。孫どのに差し上げようと思って買っておいたのじゃが、なかなかお渡《わた》しする機会がなくて」

「それは……わざわざありがとうございます」

いつものらりくらりとして、あまり波長が合うとは言い難《がた》い人だが、こうして気を回してくれることには感謝していた。微笑《ほほえ》んで礼を言うリヒャルトに、こちらも微笑みながら男爵がテーブルにそれを置く。

毛糸をぐるぐると巻き付けた木製の胴体《どうたい》に、木彫《きぼ》りの犬の頭が乗っている。可愛らしい土産物だと思ったのは一瞬《いっしゅん》だった。よくよく見てみると目玉が血走っていたり牙《きば》がむきだしだったりで、精巧《せいこう》すぎてかなり不気味な代物《しろもの》である。

「これは？」

「子宝祈願《きがん》のお守りですじゃ」

さも当然のように男爵は答える。人形に手をのばしかけていたリヒャルトは、言葉に詰《つ》まって固まった。

「なんでも、そっちの方面に絶大な御利益《ごりやく》があるそうで。いやいや、わしも歳をとったんですかのう。孫の顔が見てみたい……なーんて」

「…………」

「あっ、孫ではなく曾孫《ひまご》でしたのう。ほっほっほ。そう怖《こわ》い顔をなさるな。言い間違えただけですじゃ」

本心の読めない顔で笑い、男爵は意味ありげに声をひそめる。

「あとは孫どのに頑張《がんば》っていただくだけですぞ。さあ、これを握《にぎ》りしめてミレーユ嬢《じょう》のもとへお行きなされ。まあ、公爵閣下との交渉《こうしょう》では多少血の雨が降るやもしれませんが、フレデリックさまがうまく間に入ってくださるでしょう。花嫁《はなよめ》衣装はもう贈《おく》っておりますのでな、曾孫の制作は式の後でも先でもいつでも大丈夫《だいじょうぶ》ですじゃ」

「……男爵……」

ようやくひきつり気味にリヒャルトは口を開いた。

「ご期待に添《そ》えず申し訳ありませんが、そのような予定はまったくありません。先走るにもほどがあります」

「なんと。まだ手を出しておられんのですか」

信じられないといった様子で真顔になる男爵に、リヒャルトは深いため息をついた。

「あたりまえですよ……。そんなことをしたら今度こそエドゥアルト様に殺されます」

「なあんだ。つまらんのう」

すねたように男爵はつぶやく。どうやら本気でそんな事態を夢見ていたらしい。

「曾孫の名前もいろいろ考えておったのにな｜。十日十晩ほとんど眠《ねむ》らず、ほらこんなに」

懐《ふところ》から分厚い帳面を出し、広げてこちらに向ける。びっしりと名前が書き込まれているのを見てリヒャルトは頭痛がしてきた。

「お歳《とし》なんですから、夜はちゃんとお休みになってください……」

「ほっほ。侮《あなど》られたものですな。わしはまだまだ現役《げんえき》で夜の帝王《ていおう》ですぞ。先日も可愛い子ちゃんを二十人ばかり引き連れて豪遊《ごうゆう》してまいったばかりですじゃ」

「エロジジイ、あんたいい加減にしないとそのうちぽっくり行くわよ」

「それこそ本望《ほんもう》というもの。わしは人生をかけて、孫どのに男の甲斐性《かいしょう》というものをお教えしたいのですじゃ。これがわしの生き様、男の花道」

七十近いとは思えぬ覇気《はき》について行けず、リヒャルトはため息まじりに立ち上がった。

「そういった方面のことは俺に期待しないでください」

「おや孫どの、わしの武勇伝はこれからが本番ですぞ」

呼び止める声をふりきって部屋を出る。まともに付き合っていたら日が暮れてしまいそうだ。

ミレーユはまだ舞台《ぶたい》を検分しているだろうか。近頃《ちかごろ》はあれほど恐《おそ》れていたシャルロットと心なしか親しげで、今もふたりで行動中だ。

迎《むか》えに行ってみようかと考えていたリヒャルトは、当のミレーユが廊下《ろうか》を駆《か》けてくるのを見つけて足を止めた。まっしぐらに自分に向かってくるのを何事かと見ていると、相手のほうも目の前まで来てぴたりと立ち止まる。

頰《ほお》はほんのりと上気し、青灰色の瞳《ひとみ》はうるんでいた。熱に浮《う》かされているように、どこか頼《たよ》りなげなまなざしでこちらを見つめている。

普段《ふだん》あまり見られない表情にたじろいでいると、彼女は胸の前で手を組んでつぶやいた。

「……………好き」

「…………は？」

耳を疑いながら見下ろすと、今度は両手を広げて勢いよく抱《だ》きついてきた。

「好きだあ――――!!」

なんとも男らしい愛の告白だった。いや、愛の告白かどうかはわからないが、リヒャルトを呆然《ぼうぜん》とさせる発言であるのは間違いなかった。度肝《どぎも》を抜《ぬ》かれるというのはこういうことを言うのかもしれない。

抱きついているミレーユの身体《からだ》から力が抜けたのを感じ、慌《あわ》てて抱《かか》えなおす。ふと思いついて額に手をやると、じんわり熱い。しかも大きなこぶが出来ている。

一体これはどういう事態なのかと懸命《けんめい》に考えていると、今度は廊下の向こうからヴィルフリートが走ってくるのが見えた。

「待て！　違《ちが》う、そっちじゃないぞ！」

なにやら慌てた様子で叫《さけ》びながら駆けてきた彼は、リヒャルトと目が合うと、ぎくりとしたように後退《あとずさ》った。

「ち、違うぞ、僕は何も薬など飲ませていないからなっ！」

何も訊《き》いていないのに、いやに動転した様子で怒鳴《どな》り、脱兎《だっと》のごとく走り去って行く。

（薬……？）

さっぱりわけがわからず、ミレーユを抱きかかえたまま立ちつくしていると、ぽんと肩《かた》をたたかれた。

いつからそこにいたのか、しみいるような笑《え》みを浮かべた男爵がそっと人形を差し出す。

「男に必要なのは甲斐性ですぞ。孫どの」

「…………」

有無《うむ》を言わさず子宝人形を握らされ、リヒャルトは誰ともなしに内心うめいた。

（やめてくれ……）

周りは好き勝手に煽《あお》り立てるし、当人は前触《まえぶ》れもなく好きだと突撃《とつげき》してくるし、いい加減これは嫌がらせかと邪推《じゃすい》したくなる。どれだけ我慢《がまん》しているかわかっているのだろうか。

彼の苦悩《くのう》と煩悶《はんもん》は、まだ当分絶えそうになかった。

王宮へ戻《もど》ってジークに面会を申し出ると、すぐにでも紅薔薇《べにばら》の宮へ来いと返事がきた。しかし間の悪いことに、勇んで赴《おもむ》いたところちょうど客が来てしまったらしく、ミレーユは別室で待つことになった。

（台本を持ってくればよかった……）

薔薇園の花を譲《ゆず》ってほしいという交渉はそれほど時間がかからないだろうとふんで、手ぶらで来てしまったのだ。おかげでやることがなく、眠気《ねむけ》がひどくてたまらない。

（何なんだろ、この眠さ。ヴィルフリートさまのところで飲み過ぎたのかしら。でも一口くらいしか飲んでないはずなんだけど）

しかも不思議なことに、そのたった一口で酔《よ》いつぶれて寝《ね》てしまったらしい。目覚めたのは王宮に戻る馬車の中で、一緒《いっしょ》にいたシャルロットは呆《あき》れたような顔をしていた。

何か迷惑《めいわく》をかけたのかと思い、馬でついてきてくれていたリヒャルトにあとで訊《たず》ねてみたのだが、彼はろくに目も合わさず「ぎゃふんと言わされた気分」だの「言い逃《に》げですよ」だのわけのわからないことばかり言う。

あれは絶対に何かをごまかしている態度だ。おそらくは、酔っぱらったミレーユの醜態《しゅうたい》を。彼は優《やさ》しいので、それを言い出せずにいるのではないだろうか。

（……あたしって、もしかして酒乱……？）

聖誕祭の夜も彼にからんでしまったらしいし、可能性はありうる。パンも作れない上に酒乱だなんて、このままではますます嫁のもらい手がなくなってしまう。

その事実に激しく落ち込みながら、ミレーユは何気なく壁《かべ》の肖像画《しょうぞうが》へと目をやった。

絵には十人ほどの人物が描《えが》かれていた。威厳《いげん》をたたえた壮年《そうねん》の男性と、やわらかな笑みを浮かべた美しい金髪《きんぱつ》の女性。並んで腰掛《こしか》けているのを見るとこのふたりは夫婦《ふうふ》のようだ。その周りにいる少年少女たちは、どれも一様に品の良い微笑《びしょう》を浮かべている。

(……あれ?)

ミレーユは、ふと金髪の女性に目をとめた。

ドレスの模様や波打つレース、きらびやかな装飾品《そうしょく》など細部まで描き出された絵の中で、それは見覚えのある光を放っていた。

銀細工に縁取《ふちど》られた青い石の耳飾《みみかざ》り。彼女の耳元で輝《かがや》くそれは、誕生日にリヒャルトがくれたものとよく似ているような気がする。

「前のシアラン大公夫妻だよ」

急に背後で声がして、確かめようと身を乗り出しかけたミレーユは驚《おどろ》いてふりむいた。いつのまに入ってきたのかジークがゆっくりと近づいてくる。

「妃殿下《ひでんか》は国王陛下の姉君だ。私たちにとっては伯母上《おばうえ》にあたる」

「へえ……」

高貴な女性であるのは見たときから感じていたが、よもやそれほどの人とは思わなかった。そんな人がつけている耳飾りと自分が持っているものがどうして似ていると思ってしまったのか、なんだか混乱してくる。

「あの耳飾りって、よくある意匠《いしょう》なの？　どこかで流行《はや》ったりとか」

唐突《とうとつ》すぎる質問に、隣《となり》に並んだジークは怪訝《けげん》な顔でミレーユを見下ろす。それから思いついたようににやりと笑った。

「聖誕祭にリヒャルトがくれたのか」

「な……何よ、別に、ただの誕生日のお祝いよ」

「では、本当にもらったのか」

少し驚いたように眉《まゆ》をあげ、ジークは確かめるように繰《く》り返す。かまをかけられたのだと気づいて赤くなるミレーユを見て、愉快《ゆかい》そうに笑みを浮かべた。

「あれは大公妃《ひ》が代々受け継《つ》ぐ秘宝だぞ。そんなものをリヒャルトが持っていると思うか？」

「そりゃ……思わないけど……」

「きみがもらったのは、よく似た意匠のまがいものだろう。騎士《きし》の薄給《はっきゅう》ではそんなに高価なものは買えない」

そっけなく言ったジークをミレーユはじろりとにらんだ。

「失礼なこと言わないでよ！　リヒャルトが大事にしてたものなのよ、最初から値段なんか付けられるわけないじゃない。すっごくきれいな耳飾りなんだから」

「そうか。ぜひ大切にしてやってくれ」

「あんたに言われなくたって、ちゃんと宝箱に入れて――」

反論しようとしたミレーユは、ジークがいつになく真面目《まじめ》な顔をして肖像画を見上げているのに気づいて口をつぐんだ。

そういえば、と今さらのように思い出す。前シアラン大公妃が描かれているということは、この中に彼女の娘《むすめ》もいるのかもしれない。

「……どれがセシリアさまなの？」

「……聞いたのか。セシリアがマリルーシャだと」

ジークは目線を動かさず、静かな声で訊ね返した。まずかっただろうかと思って答えに詰《つ》まっていると、彼はおもむろに絵画を指さした。

「妃殿下の膝元《ひざもと》にいるのがそうだ。確か五歳くらいだな」

その小さな姫《ひめ》君は、母の膝に手を乗せてもたれるようにして笑みを浮かべている。今のセシリアとはあまり似ていない。

「ヴィルフリートも知らない機密だから、口外しないように」

おさえた口調での注意に、ミレーユは神妙《しんみょう》な顔でうなずく。

「でも、飾っていいの？　もし知ってる人が見ちゃって、気づいたらまずいんじゃない？」

「ここに入ることができるのは私が許した者だけだ。知られてまずいと思う者は最初から入室を許可しない。まあ飾っていたとしても、別段あやしまれるようなものではないが」

ジークは少し間を置いてから、表情を変えずに続けた。

「これは見合いのために贈《おく》られてきたものでね。その縁談《えんだん》はすぐに破談になったが、今は亡《な》き大公一家の肖像画でもあることだし、せっかくなので飾っている」

「ふうん……」

「それから」

すい、と彼が指さしたほうへミレーユは目を向ける。

「あれがセシリアの実の兄、エセルバートだ。当時のシアラン王太子だよ」

父大公の傍《かたわ》らに立つ栗色《くりいろ》の髪《かみ》の少年。整った顔立ちに利発そうな微笑を浮《う》かべている彼は、まだ十一、二歳くらいだろうか。

「確か、今も行方《ゆくえ》不明なのよね。捜《さが》さないの？　従兄弟《いとこ》なんでしょ」

「彼はある嫌疑《けんぎ》をかけられ、大公に追放される形で国を出ている。捜しだしたところで簡単には帰国できないからな。——まあ、本国では死んだと思われているだろうが」

「嫌疑……？」

訝《いぶか》しげにつぶやきながら、ミレーユは肖像画に釘づけになっていた。

最初はその感覚が何なのかわからなかった。七年も前に行方不明になったという異国の王太子。面識などあるはずもないのに、なぜか懐《なつ》かしさのようなものを覚えたのだ。

どこかで会ったことがあるような気がする。ずっと昔————サンジェルヴェの街角で。

（……あ……！）

絵の中の少年にバイオリンを弾《ひ》く横顔が重なる。信じられない一致《いっち》に目を疑いながら、ミレーユは彼を凝視《ぎょうし》した。

第四章　女優の恋

「……フレデリック。これは何だ」

顔を引きつらせているグレンデル公爵《こうしゃく》に、フレッドは笑顔《えがお》で応じる。

「何とは?」

「そこにいる者たちは一体何なのかと訊《き》いているんだっ」

ごつい顔に化粧《けしょう》をほどこし、ぴちぴちのドレスを身につけた男たちに公爵は震《ふる》える指を突《つ》きつけた。

「わしは綺麗《きれい》どころを所望《しょもう》したのに、なぜこんなむさくるしい女装男たちにもてなされなければならないんだ!」

美女をはべらせ夢心地《ゆめごこち》なひとときを過ごそうと楽しみにしていた公爵は、もう一週間近くも筋肉質の男たちに囲まれていた。化粧や衣装で飾り立てていても到底《とうてい》ごまかすことは不可能なむさ苦しい毎日だった。

「ひどいなあ。皆《みんな》、厚意でやってくれてるのに。そんなにお気に召《め》しませんか?」

「召すわけがないだろう!」

「ははーん。さては、彼らのあまりの美しさに胸焼けしてらっしゃるんですね？」

「別の意味で胸焼けだ！」

怒《いか》りのあまり青ざめて公爵は叫《さけ》ぶ。しかしフレッドのほうは悠然《ゆうぜん》としたものだ。

「だってしょうがないでしょ。馴染《なじ》みの高級娼館《しょうかん》はどこもお客がつまってて、急な予定は入れられないっていうんですから。それで困ったぼくを見かねて彼らがもてなし役を買って出てくれたんですよ。忙《いそが》しいところを時間を割《さ》いて、一生懸命《いっしょうけんめい》やってくれてるのに、一体何がご不満なんですか？」

「全部だ!!　すべてが不満なんだ！」

「……わかりました」

ため息をついてフレッドは言った。

「すみません、彼らは接客業務に不慣れなもので……。ほら皆、笑顔が足りないよ！　伯父上《おじうえ》が退屈《たいくつ》していらっしゃる。わたしは世界一の美女よ！　くらいの勢いで頼《たの》むよ」

「へーい」

「すんませんでしたー、隊長」

野太い声で一同が返事をする。じりじりとにじり寄られ、満面の笑みに囲まれて、公爵はますます青ざめた。

「よっ、寄るな！　フレデリック、これは明らかに嫌《いや》がらせだろう！　またわしの計画を邪魔《じゃま》するつもりだな！」

「いやだなあ。それは被害妄想《ひがいもうそう》というものですよ」

「もういい、不愉快だっ。今日こそは屋敷《やしき》に帰るからな!」

「おや、もうですか。仕方ない、じゃあ皆も一緒《いっしょ》にうちへ行こうか」

隊長の呼びかけに筋肉美女たちはすかさず公爵を取り囲んだ。がっしりと両側から腕《うで》をとらえ、これでもかとばかりに詰め物をした胸を押し当てる。もてなしの一環《いっかん》のつもりだったが、公爵からはヒィッと情けない悲鳴が返ってきた。

「は、離《はな》せっ、わしはヴィルフリート殿下《でんか》に大事な話が……っ」

まったくもって迷惑《めいわく》としか言いようのない行為《こうい》に顔をひきつらせる彼に、フレッドは冷やかすようにだめ押しした。

「今夜は彼らと酒池肉林ですね。伯父上」

「やっ、やめんかー!」

必死の叫びもむなしく、公爵は筋肉美女たちに連行されていく。それを笑顔で見送ったフレッドは、ふうと息をついて立ち上がった。


睡蓮《すいれん》の宮は、少女たちの軽《かろ》やかな声で華《はな》やいでいた。

乙女《おとめ》歌劇団の稽古場《けいこば》となっているその場所は、リディエンヌの呼びかけで集まった令嬢《れいじょう》や貴婦人たちで連日にぎわっている。劇中歌の練習や楽器の旋律《せんりつ》、それらが彼女たちの活動をさらに鮮《あざ》やかに彩《いろど》っていた。

そのまぶしい光景を遠くから眺《なが》めているのは閉め出しをくらった男性陣《じん》である。

「楽しそうだな……」

つまらなそうにぼやくジークに、リヒャルトもそちらへ目をやったままうなずいた。

「……そうですね」

歌劇団の稽古《けいこ》風景をはるか遠くに望む別の建物で、ふたりは茶を飲んでいた。男子禁制だと言われては無理やり押し入ることもできず、彼女らの稽古に区切りがつくまで大人《おとな》しく待っているしかないのだ。

「私より先に王宮でハーレムを築くとは……ミレーユ……」

やはり自分には見る目があったと喜んでもいいものか、それとも悔《くや》しがるべきか。少女たちに囲まれている男装の彼女を見て複雑そうなジークに、リヒャルトは軽く苦笑《くしょう》する。

「笑っている場合ではないぞ。見たまえ、ミレーユがシャルロットに別室へ連れ込まれた」

言われるまま目をやると、銀髪《ぎんぱつ》の少女に手を引っ張られていくミレーユの後ろ姿が見えた。

最近の彼女たちはふたりでいることが増えたようだ。あれほど恐《おそ》れていたのに、いつの間にか仲良くなってしまったらしい。

「そういえばリヒャルト。『月の涙《なみだ》』をどうした」

唐突《とうとつ》に話を変えられ、リヒャルトは面食《めんく》らって目線を戻《もど》した。なぜ急に関係のないことを訊かれるのか怪訝《けげん》に思いつつも、表情を隠《かく》して答える。

「しかるべき場所にありますが」

「ミレーユのところか」

図星をさされ、つい言葉に詰《つ》まってしまう。ジークは呆《あき》れ果てたような顔になった。

「あれを贈っておきながら口づけもしていないとは、なんという腰抜《こしぬ》けだ」

「…………」

「信じられないな。今からでも遅《おそ》くはない、やってきたまえ。このまま一生手出しできずに終わってしまってもいいのか」

はあ……とため息をつき、リヒャルトは苦い表情で目をそらした。

「そうやって無責任に煽《あお》るのはやめてください。みんな揃《そろ》って……」

「やはり、やり方を知らないのではないか？　だから教えてやると言っているのに」

「結構です」

顎《あご》に指をかけられて強制的に目線を戻され、リヒャルトは眉根《まゆね》を寄せる。からかい甲斐《がい》のない反応にジークはつまらなそうに手を離した。

「まあいい。それがわかっただけでも収穫《しゅうかく》だ。気兼《きが》ねなく話を進められる」

「……何のお話ですか？」

「決まったら話すよ。――そのうちな」

ジークは微笑《ほほえ》み、それきり口を開こうとはしなかった。一瞬奇妙《いっしゅんきみょう》な空気が流れた気がして、リヒャルトは訝《いぶか》しげに彼を見つめた。

「ああ、お待たせしてすみません。酒池肉林の準備で忙しくて」

明るい声が沈黙《ちんもく》を破る。笑顔でやってきたのは見知らぬ令嬢――に扮《ふん》したフレッドだった。

ミレーユが男装して活動中の昼間は、混乱を避《さ》けるため変装することにしているのだ。

「グレンデル公爵は屋敷に帰しました。そのまま閉じこめておくつもりでいます」

すぐさま本題に入ったフレッドに、ジークは彼特有の気だるげな目を向けた。

「しかし、いつまでもそうしているわけにはいかないだろう。どうやって諦《あきら》めさせるつもりだ」

「何とか根本的に改善していただこうと思ってはいるんですが。王子殿下の件を諦めたとしても、またシャロンをどこか別の王族に嫁《とつ》がせようとするでしょうからね」

「また前のようなことがあっては困る。手段は任せるから、何としても大人しくさせろ」

命じて立ち上がるジークに、フレッドは伏《ふ》し目がちに微笑んでうなずいた。

反国王派貴族の手によってリディエンヌが誘拐《ゆうかい》されたあの事件は、グレンデル公爵が自分の娘《むすめ》を王太子妃にごり押ししたのを利用し、ある貴族が暴走したという顚末《てんまつ》だった。それでなくとも祖母デルフィーヌの代から国王にはあまりよく思われていなかったというのに、なおも第二王子との縁談《えんだん》を持ちかけようとしているモントルイユ一族は、最悪の心証をもたれていることだろう。

「――今、シアランから誰が王宮に来てる？」

ジークの後ろ姿が見えなくなるまで見送り、ふたりきりになった部屋でフレッドはあらたまったようにリヒャルトを見つめた。

「王宮には誰も入れてないけど……。どうかしたのか？」

「いや、それならいい。たぶんぼくの気のせいだ」

独り言のようにつぶやくのを見て、そう言えばシアランの関係者が王宮に来ていたことをリヒャルトは思い出した。フレッドは聖誕祭の夜に訪問者のもう一つの顔を見ているのだ。

「なぜあの神官がランスロットの活動をしているのか、俺にも見当がつかない。大公命令というわけではなさそうだし――」

「神官……？　シアランの神官が来てるの？」

目を丸くするフレッドに、リヒャルトも驚《おどろ》いて彼を見返した。

「聞いてないのか、ジークから」

「全然。初耳だよ」

「……」

シアラン情勢を先頭切って調べているフレッドには常にあらゆる情報が入っているはずだった。神官の件だけを聞き漏《も》らすのは、彼に限ってはありえない。

となると、知っている人間がわざと彼に話さなかったということになる。――これはどういうことだろう？

「――マイヴが来た。何かあったのかな」

考えこんでいたリヒャルトは、フレッドの声で我に返った。

窓から入ってきた黒猫《くろねこ》はまっすぐこちらへ向かってくると、連絡《れんらく》用の首輪に結ばれた紙をフレッドの手元のあたりにこすりつける。ほどいて目を通したフレッドは訝しげに眉根を寄せた。

「決闘《けっとう》志望の青年が来てるって……。誰だろう？」


「ああ、だめだめ！　棒読みすぎて睡魔《すいま》に取り殺されそうですわ！」

ふたりきりの特訓部屋にシャルロットの痛烈《つうれつ》な叱声《しっせい》が飛ぶ。リディエンヌや他《ほか》の団員の前では猫《ねこ》をかぶっている彼女だが、ミレーユとの稽古では容赦《ようしゃ》ない鬼《おに》教官なのだ。

「ご、ごめんなさ……、でも台詞《せりふ》はだいぶ覚えたでしょ？」

「覚えればいいってものではありませんわよ。あなたの台詞には、まったく感情がこもっていませんわ。もっと役になりきって、心底あたくしに恋《こい》してくださらないと」

「ええっ」

「やらないと……わかっていらっしゃるわね？」

彼女は邪悪《じゃあく》な笑顔《えがお》になってぬいぐるみを叩《たた》きのめした。縁起《えんぎ》担《かつ》ぎの儀式《ぎしき》と言うが、どう考えても脅《おど》しの一環《いっかん》としか思えない。ほんの少しうち解けたとは言え、彼女はまだまだミレーユにとってはある意味暴君なのだった。

「さあ、唇《くちびる》を奪《うば》われたくないのならきりきりとお芝居《しばい》をしなさいな。簡単なことでしょう？好きな殿方《とのがた》をあたくしに投影《とうえい》すればよろしいのよ。それくらいは出来るでしょう？」

「そんなこと言われても……」

誰を思い浮《う》かべたらいいのか、咄嗟《とっさ》には判断がつかない。物語の中で演じるフリッツ王子は恋人と駆《か》け落ちしようとするのだが、ミレーユにはそこまで想《おも》える相手がいた経験がないのだ。

「まさか、そんな相手もいないの？」

呆れたように言われ、決まり悪くて赤くなる。子どもなのねと言われた気がした。

「だって、あたしはパン屋の跡取《あとと》り娘だったんですよ。腕《うで》のいい職人にお婿《むこ》に来てもらわなきゃいけないと思ってたから、そうなりそうな人のことしか目に入ってこなかったんです！　結局跡は継《つ》げなくなっちゃったけど、今さら視野を広げろと言われても、そんな簡単にできるわけないし！」

友達からどんな男性が好みなのかと訊《たず》ねられても、うまく答えることができなかった。乱暴な言い方をしてしまえば、店を継いでくれて祖父と母を大事にしてくれるパン職人なら誰でもよかったのだ。その条件に合う人とめぐりあえたら好きになれる自信もあった。

でももうそんな条件の男の人を探《さが》す必要もない。そうなってみて初めて、自分はものすごく幼稚《ようち》なのかもしれないことに気がついた。恋愛《れんあい》に憧《あこが》れはあるし、耳年増を自称《じしょう》しているものの、具体的にどうすればいいのかとなるとさっぱり何もわからないのだ。

「パン屋……？　何だかよくわかりませんけれど、少し落ち着きなさいな。また敬語が出ていますわよ」

急に怒《おこ》り出したミレーユを、シャルロットは呆気《あっけ》にとられた顔でたしなめた。

「難しく考える必要はありませんわ。恋なんて思いこみですもの。昨日まで好きだった人を明日には嫌《きら》いになることもあるし、何とも思っていなかった相手を急に好きになることだってあるわ。自分の気持ち次第《しだい》でどうにでもなるものなんだから」

「……じゃあ、シャロンにはそういう人がいるの？」

「ええ。今はあなたに恋していますわ」

「そうじゃなくて、現実に——」

「本当よ。……好きなの」

ミレーユは怪訝な顔で彼女に目を戻した。いやに思い詰めたような表情で一歩踏《ふ》み出され、思わず後退《あとずさ》る。

「あなたのことを考えていると、胸が苦しくて涙が出てくるわ。愛してるの」

真剣《しんけん》さに圧倒《あっとう》され、迫《せま》られるままミレーユはじりじりと後退した。ついに壁際《かべぎわ》に追い詰められ、狼狽《ろうばい》しながらも目が離《はな》せないでいると、シャルロットはふいにけろりと表情を変えた。

「——というふうにやるのよ。よくって？」

「な……」

彼女の実技の見事さにミレーユは呆然《ぼうぜん》となった。さすが女王の劇団で人気女優だったというだけあって、思わず引き込まれるものがある。

しかし、それに呑気《のんき》に感心している場合ではなかった。迫力《はくりょく》のある笑顔を浮かべてぬいぐるみをつかんだシャルロットに気づき、はっと息をのむ。

「今度棒読みであたくしを口説いたら、即座《そくざ》にその場でキスしますわよ。それが嫌《いや》ならもっと色気のある演技を覚えてくださいな。誰でもいいから恋しい相手を脳内に設定して練習すること。よろしいわねっ？」

ぼすっ、と強烈《きょうれつ》な鉄拳《てっけん》がたたき込まれ、ぬいぐるみが宙を舞《ま》う。はるか遠くの床《ゆか》に力なく着地したそれを見て、ミレーユは久しぶりに血の気の引く思いを味わったのだった。

個人稽古《げいこ》を終えると、騎士《きし》たちに頼《たの》んでいた舞台《ぶたい》小道具を確認《かくにん》するため、ミレーユはシャルロットと連れだって白百合《しらゆり》のサロンを訪《おとず》れた。

「シャロンばっかりミレーユさまと仲良くなさって、ずるいですわ」

とリディエンヌはしょんぼりしていたが、未来の王太子妃である彼女はお妃教育で忙《いそが》しいため、雑用や小道具の手配などはシャルロットに相談するしかないのだ。

ここ数日はグレンデル公爵《こうしゃく》が訪れていたらしく、近寄らないようにと言われていたのだが、同行しているフレッドいわくつい先ほど屋敷《やしき》に戻《もど》ったということだった。それで安心して訪ねることにしたのである。

「シャロンはちょっと待ってて。あまりのむさ苦しさにびっくりしちゃうかもしれないから、ちゃんと服を着るように言ってくるわ」

そう言って扉《とびら》を開けた途端《とたん》、中から叫《さけ》び声が飛んできた。

「伯爵《はくしゃく》！」

見知らぬ青年が、取り囲んでいた騎士たちをかきわけて勢いよく向かってくる。

「ベルンハルト伯爵でいらっしゃいますね。イアン・クラウセンと申します」

彼は険しい表情で、持っていた筆《ふで》をミレーユに突《つ》きつけた。

「シャロンは絶対に譲《ゆず》らない。僕と決闘してください！」

勇ましく言い放った彼をミレーユは唖然《あぜん》として見つめた。急にそんなことを言われてもわけがわからない。

「……え？　何？　シャロンの知り合いの方？」

「シャロンの恋人は僕です。あなたには負けません！」

「恋人⁉」

頓狂《とんきょう》な叫びをあげるミレーユの後ろから、奇声《きせい》を聞きつけたシャルロットが訝《いぶか》しげに顔をのぞかせる。しかしそこにいた青年を一目見るなり、彼女は愕然《がくぜん》と目を見開いた。

「シャロン！　あの手紙は一体どういうことなんだ」

姿に気づいたイアンが駆け寄ろうとする。シャルロットは彼女らしくもなく強《こわ》ばった顔で後退った。

「伯爵とお付き合いを始めたから、僕とはもう会わないって……本当なのか⁉」

「ええっ⁉」

仰天《ぎょうてん》してミレーユは振《ふ》り返った。シャルロットの後ろにいたフレッドは、何事かと興味深そうに事の成り行きを眺《なが》めている。

「──ええ、そうよ。フレッドと付き合ってるの」

絶句していたシャルロットが、ふいに冷たい声音《こわね》で口を開いた。目をむくミレーユの前で、彼女は冷ややかなまなざしをイアンに向けた。

「あなたなんかお呼びじゃないと言ったはずよ。こんなところまで乗り込んで来るなんて、恥《は》ずかしいと思わないの？　身の程《ほど》知らずな人ね」

「シャロン──」

「気安く呼ばないでちょうだい。絵描《えか》き風情《ふぜい》が、いつまでも自惚《うぬぼ》れているのは見苦しくてよ。あなたとは住む世界が違《ちが》うの。父上に見つからないうちに、さっさとお帰りになることね！」

辛辣《しんらつ》な言葉を投げつけ、シャルロットは踵《きびす》を返す。思わず追いかけようとしたミレーユをフレッドが制した。

「いいよ。ぼくが行く」

「でも──」

「伯爵！」

呆然としていたイアンが、悔《くや》しげに筆を構えて宣言した。

「僕は絶対に諦《あきら》めませんよ。この筆に誓《ちか》って、彼女をあなたから奪い返してみせます！」

白百合騎士団のサロンに乗り込んできたイアン・クラウセンは、リゼランド王国から来た新進の画家だと名乗った。しかしそんな身分で気安く王宮に入れるわけもない。唯一庶民《ゆいいつしょみん》が出入りできる王立書物館の入館許可証を手に入れようと思いついたはいいが、許可が下りるまで二週間近くかかってしまったのだという。

「――あの人、ほんとにシャロンの恋人なのかしら」

柱の陰《かげ》にひそんで階下を見下ろしながら、ミレーユはつぶやいた。

「本人はそう言い張ってますね」

隣《となり》にいるリヒャルトが冷静に答える。ミレーユは眉根《まゆね》を寄せて彼を見上げた。

「じゃあ……恋人のお見合いのために肖像画《しょうぞうが》を描いたってこと？」

ジークとの縁談《えんだん》のために描かれたシャルロットの肖像画。それを描いたのが件《くだん》のイアンだった。なぜか白百合のサロンの倉庫にしまわれていたその絵を思い出し、ミレーユはますます首をひねる。

実物より、と言ったらシャルロットは怒るだろうが、彼女の魅力《みりょく》が何倍も増幅《ぞうふく》されてあふれだしてくるような肖像画だった。どんなことを思いながら描いたらこんなに美しいものが出来上がるのだろうと思ったくらいだ。それでイアンと一度話をしてみたいと思い、伯爵と間違われぬよう女装して、なりゆきで面倒《めんどう》を見ることになったという騎士たちのもとへやってきたのだが——。

「イアンー、俺の筋肉美、ちゃんと描けてるー？」

「ええ、描いてますよ」

白百合騎士団の演習場にて鍛錬《たんれん》に励《はげ》む筋肉質な男たちを、イアンは離れたところに腰掛《こしか》けて写生している。

「んじゃ次、俺な。背中越《ご》しに振り返る感じで。肩《かた》の盛り上がりのとこ重視で頼む」

「待てって。次は俺なんだよ。ちゃんと順番守れや」

「おい、喧嘩《けんか》すんなよ！　俺たちみんな揃《そろ》って白百合騎士団第一分隊だろうが」

「仲良く全員集合で描いてもらおうぜ！　そうだ、せっかくだから胸毛《むなげ》も加えてもらう？」

「おっ、いいねえー！　じゃあ濃《こ》い感じで頼むわ」

(何してんの、あいつら……)

大人《おとな》げない彼らをミレーユは呆《あき》れて眺めた。

有力者の後ろ盾《だて》もない一介《いっかい》の画家でありながら、身分違いの恋人《こいびと》のために王宮へ乗り込んできた彼と、その男気に感動した騎士たちの間には奇妙《きみょう》な友情が生まれつつあるらしかった。

「胸毛はどれくらいの濃さにしときましょうか。みなさん同じくらいでいいですか？」

臆《おく》した様子もなく屈託《くったく》のない笑《え》みで応じている彼は、いかにも善良で優《やさ》しげな青年という風《ふう》体《てい》である。決闘《けっとう》を申し込んできたときの勢いが信じられないほどだ。

「あんなに必死だったのも、それだけシャロンのことが好きだってことよね」

独り言のようにつぶやくと、リヒャルトが軽く肩をついてきた。何事かと見れば、右側の建物の二階の回廊《かいろう》にシャルロットが立っている。柱の陰に隠《かく》れるようにしている彼女が階下を見ているのは間違いなかった。よほどのことがない限り、彼女の視線の先にいるのは筋肉集団ではなくイアンのほうだろう。

「シャロンの件は誤解だよ」

ふいに耳元で声がして、ミレーユはびくりと振り向いた。いつの間にか傍《そば》にフレッドが立っており、同じようにシャルロットを眺めている。

「ぼくと付き合ってるっていう彼女の発言は方便だ。あの顔を見ればわかるだろ？」

「……そうみたいね」

演習場を見下ろすシャルロットのこわばった顔が、時折はにかむようにほころぶ。ミレーユや他《ほか》の団員たち――ひょっとしたらリディエンヌにさえも見せたことがないかもしれない、穏《おだ》やかでどこか幼げな笑み。見る者をどきりとさせる、本物の恋《こい》する乙女《おとめ》の顔だった。

「どうしたらいいと思う？」

「そうだな……。彼が現れたのは転機かもしれない。ぼくは歓迎《かんげい》するね」

「何よそれ。あのふたりを応援《おうえん》してもいいってこと？」

やきもきしながら小声で問いただす。シャルロットの姿はいつの間にか見えなくなっていた。

ミレーユたちが見ていることに気づいてしまったのかもしれない。普段《ふだん》強気でいるぶん素直《すなお》になれないのではと、自分のことのように気になってしまう。

そんなことを思っていたら、フレッドが無言のまま背後を指さした。ふりむいたミレーユは、シャルロットがぬいぐるみをもみ絞《しぼ》るようにしながら立っているのを見て目をむいた。

「こんなところで会うなんて奇遇《きぐう》ね……。もしかして尾行《びこう》なさっていたのかしら……？　台詞《せりふ》も覚えていない方が、随分《ずいぶん》と呑気《のんき》に遊んでいらっしゃること……」

（ひー）

自分の認識《にんしき》が甘かったことをミレーユは悟《さと》った。盗《ぬす》み見ているのを知られて逃《に》げ出すのではなく、殴《なぐ》り込みをかけるのがシャルロットの流儀《りゅうぎ》だったらしい。

「シャロン、きみを捜《さが》してたのはぼくだ。伯父上《おじうえ》のことで話がある」

フレッドがすかさずシャルロットの肩を抱《だ》き、強引《ごういん》に反転させて歩き出した。振り返った彼は悪戯《いたずら》っぽく笑んで、ちょいちょいと指を下のほうへ示す。

（……ああ！）

ミレーユはぽんと手をたたき、リヒャルトに待っていてくれるよう頼《たの》むと、助けてくれた兄に感謝しながら階下へと向かった。

「あの……イアンさん？」

おずおずと声をかけると、彼は怪訝《けげん》そうに顔をあげた。

「あたし、シャロンの劇団仲間でミレーユと言います。こんにちは」

イアンは、ああ、とつぶやいて立ち上がった。決闘を申し込んできた時とは違い、穏やかそうな表情をしている。

「じゃあ、リゼランドの方ですか？」

「いいえ、アルテマリスの王宮でも新しく作ったんです。あたしとシャロンと王太子妃のリディエンヌさまの三人で」

「ああ……彼女はこういうのが好きですからねえ」

人の良さそうな顔で笑う彼に、ミレーユは好感を持った。シャルロットに分不相応な思いを一方的に抱いているというふうにはとても見えない。

「シャロンとは、ほんとに恋人同士なんですか？」

一応訊《たず》ねてみると、彼は少し自嘲《じちょう》したような笑みを浮《う》かべた。

「もしかして説得役を押しつけられましたか。すみませんね、諦めが悪くて」

「あっ、違います。ちょっと気になることもあったし、事情を訊《き》いてみたいなと思って」

慌《あわ》てて付け足すと、イアンは少し黙《だま》ってから口を開いた。

「シャロンとは同郷の幼なじみなんですよ。彼女が十六になったら結婚《けっこん》して、いつかふたりで都会へ行って成功しようと励まし合っていました。小さい頃《ころ》から僕は絵描きになりたくて、彼女は女優志望で」

「じゃあ、あなたもサヴィアーの方?」

「ええ。何もない、小さな田舎《いなか》の村でね。どうしても絵の勉強がしたくて、村を飛び出したんです。必ず迎《むか》えにくるからと言い残して、ひとりでリゼランドに……」

意外な告白に、ミレーユは彼の横顔をまじまじと見つめた。

「あなたがシャロンを追いかけてリゼランドに来たわけじゃないんですか?」

「はは、違《ちが》いますよ。ついて行きたいと彼女は言ったんですけどね。修行《しゆぎよう》中の身だし、苦労させたくないと説得して、村に置いて行ったんです。そしたらその間に彼女の父親が迎えをよこしてきたらしくて……次に再会したとき、彼女は公爵令嬢《こうしやくれいじよう》になっていて、アルテマリスの王太子殿下《でんか》との縁談が持ち上がっていました」

劇的な展開だ。思わず固唾《かたず》を呑《の》んで身を乗り出す。

「シャロンのお見合いのために肖像画を描いたときが、久々の再会だったってこと?」

「そうなんですよ。ちょうどその頃、僕の絵を認めてくれる高名な画家の先生がいましてね。その先生の伝手《つて》で貴族のお嬢様の見合い用の肖像画を描くことになって、ついて行ってみたら……そこにシャロンがいたんです」

あの時はまいったなあとイアンは苦笑《くしよう》した。淡々《たんたん》と話しているが、おそらくその時のショックは大変なものだっただろう。

「でもどうしてかな。その時は涙《なみだ》を流して再会を喜んでくれたんですよ。身分をかさに着て拒《きよ》絶《ぜつ》するようなこと、彼女は何より嫌《きら》ってるはずなのに。なんであんなに下手《へた》くそな演技をする必要があるんだろう」

「演技……？　あなたにひどいこと言ったのは、お芝居《しばい》だっていうんですか？」

「ええ。あれは彼女の本心じゃありませんよ。少し見ないうちに演技力が落ちたみたいだ」

くすりと笑い、彼は手にしていた筆を差し出した。柄《え》は色がほとんど剝《は》がれ落ち、下の木地がむきだしになっている。かなり使い込まれているようだ。

「筆の部分だけ付け替《か》えて、もう何年も使ってるものです。そんなぼろぼろの筆ってシャロンは呆れていたけど、使い心地《ごこち》がよくてね。子どもの頃、街の画材屋で彼女が選んでくれたものだから捨てられないっていうのもあって……。そうしたら、これ――」

今度は荷物の中から細長い箱を取り出す。大事そうに彼が開けたそれには、緻密《ちみつ》な飾《かざ》り彫《ぼ》りと彩色《さいしき》が施《ほどこ》された美しい筆が一本入っていた。

「手紙と一緒《いっしょ》に、店に預けられてたんですよ。もうすぐ僕の誕生日だから、シャロンが贈《おく》ってくれたんでしょう。こんな素晴《すば》らしい贈り物をくれたのに、一緒に添《そ》えられた手紙に別れ話が書いてあっても、そりゃ納得《なっとく》できませんよ」

よほど嬉《うれ》しかったのか、イアンは愛《いと》おしそうにその筆を見つめている。シャルロットにそんな健気《けなげ》な一面があったことに驚《おどろ》きながら、ミレーユは彼女の発言を振《ふ》り返っていた。

どうしてもリゼランドへ行ってみたかった――そう言ったときの寂《さび》しげな横顔を思い出す。

「……再会してからも、お付き合いしてたんですよね？　シャロンと」

確かめるように訊ねると、彼は伏《ふ》し目がちにうなずいた。

「彼女のお父さんに気づかれちゃいけないから、僕の行きつけの店に手紙を預けて、そこを媒《ばい》介《かい》に連絡《れんらく》をとりあっていました。でも、グリンヒルデに行くと連絡があったきり音信不通になってしまって、気になって来てみたら、行きつけの店にこれが預けてあって――」

彼女曰《いわ》く、公爵にばれないよう連絡用の店をいくつか決めていたらしい。そのうちの一つがグリンヒルデにある画材の店なのだと説明され、何気なく相づちを打とうとしたミレーユは引っかかりを覚えて眉根《まゆね》を寄せた。

「……そのお店って、もしかして青い屋根の？　木の看板がぶらさがってる……」

「ええ、そうですよ」

最初にシャルロットと会ったとき、彼女が出てきた店のことではないだろうか。思い返せばあのとき、彼女はひどく沈《しず》んだ様子で、また不機嫌《ふきげん》そうでもあった。

（本当は別れ話なんかしたくなかったから……？）

「シャロンをひとりで村に置いていった自分が悪いと、わかっているんですけどね。でも、こんなことならもっと早くに彼女をさらっておけばよかった」

苦い声でイアンはため息をついた。ミレーユの視線に気づいて、仕方なさそうに微笑《ほほえ》む。

「シアランであらためて絵の勉強をしたらどうかと、ある方が誘《さそ》って下さってるんです。一緒に行こうと言うつもりだったけど、もしも本当にシャロンが伯爵《はくしゃく》を愛してるなら、邪魔《じゃま》するのは可哀相《かわいそう》だし……」

「ちょ、ちょっと待って」

ミレーユは慌ててイアンの腕《うで》をつかむ。きょとんとする彼をやや緊張《きんちょう》の面持《おもも》ちで見上げた。

「諦《あきら》めるにはまだ早いわ。本当のところどうなのか、確かめてみませんか……？」


夜半過ぎ。何気なくサロンをのぞいてみたリヒャルトは、薄明《うすあか》るい室内にひとりでたたずんでいる人影《ひとかげ》を見て目を見開いた。

この頃はグレンデル公爵の接待役や乙女《おとめ》歌劇団に力仕事担当でかり出されたりと、白百合騎《しらゆりき》士《し》団の面々はかなり多忙《たぼう》である。もちろん王女の近衛という通常任務もあるのでなおさらだ。

それもあってサロンは人影もまばらという日々が続いているが、まさかこんな夜更《よふ》けにミレーユがひとりでいるとは思わなかった。何やら思い詰《つ》めた顔をして、軽く両手を前にのばしたままぶつぶつとつぶやいている。

何をしているのかと、リヒャルトはしばし声をかけずに見守ってみた。観察されているとは夢にも気づいていない様子で、ミレーユはしきりと手の位置を気にしたり、くるりとその場で回ってみたり、ぶんぶんと頭《かぶり》を振ったり、ひとりで奇行《きこう》を繰《く》り返している。

「……何をしてるんですか？」

気になってしまい、我慢《がまん》できずに訊ねてみた途端《とたん》、ミレーユはびくぅっと飛び上がった。

「ふぎゃ――‼」

「あ……、だ、大丈夫《だいじょうぶ》ですか」

腰《こし》を抜《ぬ》かしたように座り込んだのを見て、リヒャルトは慌てて駆《か》け寄った。

「俺ですよ。すみません、驚かすつもりはなかったんですが」

急に声をかけられて肝《きも》を冷やしたミレーユは、声の主がリヒャルトだとわかり、安堵《あんど》のあまり涙目になった。真夜中にひとりでいるところにそんな行為《こうい》をされるのは心臓に悪すぎる。

「やめてよ、もう、いきなり……」

「すみません。つい気になって」

重ねて謝ったリヒャルトは、足下《あしもと》にあった台本に目を向けた。ミレーユは気を取り直してそれを手に取った。

「ちょっと練習してたの。リディエンヌさまのところはもうみんな寝《ね》ちゃってるから、うるさくしたら迷惑《めいわく》かなと思ってここに来たんだけど」

「熱心ですね」

ミレーユは昼間のシャルロットの顔を思い出して思わず青ざめた。

「だって、のん気に寝てる場合じゃないのよ。明日までに台詞《せりふ》を覚えてなかったらシャロンにキスされちゃうんだから」

「……なぜ?」

「わかんないけど、そうやって脅《おど》すの。今度こそほんとにやられるわ。すごい迫力《はくりょく》だったし」

「………」

しばし沈黙《ちんもく》したリヒャルトは、おもむろにミレーユの手から台本を抜き取った。

「俺も練習に付き合います」

「え、いいの？」

「ええ、ぜひ」

うなずいて台本を開いたリヒャルトは、ぱらぱらと中身をめくる。心強い協力者が現れ、ミレーユは張り切って劇の概要《がいよう》を説明することにした。

「人間の王子と白百合の精霊《せいれい》の恋物語《こいものがたり》なの。周りから反対されて、駆け落ちを企《くわだ》てるのよ。だけど結局ふたりは結ばれず、白百合姫《ひめ》は最後、死んじゃうの」

「そこで終わるんですか？」

「そう。悲劇なのよ」

うなずいて、ミレーユは咳払《せきばら》いした。

「じゃあ、第一幕から。ふたりのやりとりのところをやるわよ。いい？」

「はい」

リヒャルトは少し間を置き、やがて顔をあげた。その場面は白百合姫の台詞からなのだ。

「……君を連れて、逃《に》げ出せたらいいのに」

予想外の台詞が来て、ミレーユは目を丸くする。静かなまなざしで見つめられ、思わず言葉に詰まった。

「ち……、違《ちが》うわ、それは王子の台詞よ。リヒャルトは白百合姫役でしょ」

つい動揺《どうよう》してしまい、つかえながら指摘《してき》すると、リヒャルトは台本に目を落とした。

「ああ、そうですね。間違えました」

いつもの微笑みを浮《う》かべ、すみませんと謝る彼に、ミレーユは内心冷や汗《あせ》をぬぐった。この天然め、と恨《うら》めしく思っていたが、ふと気になって目を向ける。

「――リヒャルトは、駆け落ちしたいと思ったことってある？」

王子の台詞を口走った彼は、どこか真に迫《せま》っていた。よほどの演技派でないとするなら、実際にそんなことを言いたくなるような経験があるのかもしれないと思ったのだ。

しかし期待したのも束《つか》の間、彼は少し考え込んだだけですぐに否定した。

「いえ、一度も」

「あ、そう……」

肩《かた》を落とすのを不審《ふしん》に思ったのか、リヒャルトは首をかしげる。ミレーユはため息まじりに説明した。

「シャロンにね、もっと役に入り込んで演じろって言われるの。でも駆け落ちしたいと思った経験がないから、入り込もうにも出来ないのよ」

「難しく考えすぎなんじゃ？」

「だって、そりゃ考えちゃうわよ。駆け落ちってつまり、親も兄弟も友達も仕事も、全部捨てて家出するってことでしょ。どうやったらそこまで思えるんだろうって、もうすっごく考えたの。自分に置き換《か》えてみたりして……。でもそうすると別のことが気になってきて、役作りどころじゃなくなっちゃうのよね」

憂鬱《ゆううつ》なことを思い出してしまい、ミレーユは思わずため息をもらした。

「別のことって、何です？」

穏《おだ》やかな声にうながされ、話を脱線《だっせん》させてしまうのを気にしながらも口を開く。

「捨てるかどうかで悩《なや》むようなものが、あたしにはもうないんじゃないかって……。これまではね、家の仕事を継《つ》ぐことだけが目標だったの。でもロイが継ぐことになったからパン屋のことはもう心配しなくていいし、たぶんロイならお祖父《じい》ちゃんとママを大事にしてくれるだろうから、何が何でもあたしが守らなきゃいけないってわけでもないし。腕のいい跡継《あとつ》ぎができたのに、あたしはこれからもあの家にいていいのかなとか考えちゃって……サンジェルヴェに帰りたくなくなっちゃうの」

誕生日を父と過ごすためという名目のもとグリンヒルデに滞在《たいざい》していたわけだが、その誕生日も終わってしまった。もう滞在する理由がなくなってしまったのだ。祖父と母がサンジェルヴェへ帰るとなればミレーユだけがここに残る理由もない。しかし必ず帰らなければならない理由もない気がしてしまう。一時はロイを婿《むこ》に迎《むか》えることも考えていたが、彼の気持ちを聞こうともせず突《つ》っ走っているのが厚かましい気がして、それもやめてしまった。

「……じゃあ、このままアルテマリスにいたらいいのに」

ため息をつく横顔を見つめ、リヒャルトは独り言のように提案した。

「そのほうが、俺も嬉《うれ》しいですし」

付け加えた彼の微笑《びしょう》につられ、ミレーユも笑いかける。だが現実を思い出すと目を伏《ふ》せた。

「それはね、実はあたしも考えたの。でもそれって、貴族の娘《むすめ》として生活しなきゃいけないってことでしょ。今までは短い期間しかいなかったから好き勝手させてもらってたけど、パパの娘として生きていこうと思ったら、それなりの教養を身につけたり偉《えら》い人たちと付き合ったりしなきゃいけないでしょ？　そういうのは、あたしにはたぶん出来ないわ」

エドゥアルトはそういう生活を強制はしないだろうが、だからといって甘えているわけにもいかないだろう。貴族令嬢《れいじょう》たちと過ごした日々の中で、その思いはどんどん大きくなった。

「そうですね。……のびのびとできる場所のほうが、あなたには似合います」

つぶやいたリヒャルトはそれきり黙《だま》り込んだ。急に沈《しず》んだ目になった彼に心配をかけてしまったと思い、ミレーユは焦《あせ》った。

「そんな顔しなくても大丈夫よ、何とかしてみせるから。ごめんね、暗い話して」

「――じゃあ、ふたりでどこかへ行きましょうか」

台本を開きかけたミレーユは、その言葉にきょとんとして顔をあげた。

「どこかって、どこに？」

「どこへでも。あなたが行きたいと思うところに」

真摯《しんし》なまなざしを向けられ、手をとられて、思わず彼の瞳に見入る。

「でも……どうやって？」

「この手を離《はな》さないと約束してくれるなら、どんな手段を使ってでも連れだします」

つないだ指先に力がこもる。ようやくこれがどんな事態なのか察し、ミレーユは頰《ほお》が熱くなっていくのを感じた。

「そ……そんなに大げさに考えなくても、いいのよ？　ていうか、ついてきてもらうなんて悪いしっ。だ、だって、リヒャルトが家出したら、トーマスさんも困ると思うし、セシリアさまだってきっと――」

しどろもどろで目を泳がせていると、ふっと吐息《といき》がこぼれたのがわかった。

「参考になりましたか？　駆け落ちしようと切り出される気持ち」

見ればリヒャルトが口元をゆるませている。目を瞠《みは》るミレーユに、彼は微笑んで手を離した。

「な……っ、騙《だま》したわね！」

違う意味で顔が熱くなった。こっちは駆け落ちを持ちかける王子の役だというのに、逆の立場のときめきを味わわせてどうするのだ。

「今度そんな意地悪したら絶交するわよ！　最後には恋人が死んじゃう役なんだから、そうやってむやみにどきどきさせるのはやめてよっ。好きな人と引き裂《さ》かれるのよ、かわいそうと思わないの？　もうっ、せっかく役作りしてるのに、これで台無しじゃ――」

動揺してしまったことが悔《くや》しくてがみがみと文句をつけるが、自分が口走った言葉に気づいて怒声《どせい》をのみこんだ。

引き裂かれている恋人たちが、ごく身近にも一組いる。幸せな結末を迎えるはずだったのに、ちょっとした行き違いから離れてしまったふたりが。

もし、台本を書き変えるように、あのふたりの恋の行方《ゆくえ》も変えることができるとしたら。手にした台本の最後の場面を開く。この結末をちょっと変えてみるとするなら、どんな物語になるだろう。

たとえば――引き裂かれた恋人同士が幸福な時間を取り戻《もど》す展開にするとしたら？

「……ほんとに協力してくれる？　駆《か》け落ちしてって頼《たの》んだら……」

リヒャルトは戸惑《とまど》ったように目を瞬《またた》いた。

「……本気ですか」

「もちろん本気よ。愛の逃避行《とうひこう》ってやつね。邪魔《じゃま》するやつらを振《ふ》り切って、ふたりでどこかへ逃げるのよ！」

いきいきとした目で力強く言い放ったミレーユを、リヒャルトは唖然《あぜん》として見ている。躊躇《ためら》っているのかと思い、ミレーユは急いで手を振った。

「あっ、嫌《いや》ならいいのよ、他《ほか》の人に頼むから。白百合《しらゆり》の誰か――」

がしっと肩をつかまれた。

「それはだめです。早まらないでください。俺が何とかしますから」

「そう……？　じゃあ協力してくれるのね。ちょっとお節介《せっかい》かもと思ったんだけど、やっぱり愛し合ってる人たちには幸せになってほしいし……。そうだ、台本も書き直してもらわなきゃいけないわね」

「…………台本？」

嫌な予感がしてつぶやいたリヒャルトに、ミレーユはやる気満々で台本を掲《かか》げた。

「ええ！　思い切って幸せな恋物語《こいものがたり》に変えるわ。王子と白百合姫《ひめ》は最後に結ばれるのよ！」

「…………」

（……劇の話か……）

気が抜《ぬ》けたようにリヒャルトは肩を落とした。これまでの経験からしてそんな展開はありえないとわかっているはずなのに、一瞬《いっしゅん》本気にしてしまった自分の動揺ぶりが決まり悪い。

そんなリヒャルトのやさぐれようにも気づかず、ミレーユは彼の耳元に顔を寄せ、思いついたばかりの悪巧《わるだく》みをひそひそと持ちかけた。

第五章　恋の狂騒曲

離宮《りきゅう》の野外劇場は、着々と乙女《おとめ》のための舞台《ぶたい》に生まれ変わりつつあった。

「すごいじゃない！　本物の劇場みたい」

途中《とちゅう》経過を確認《かくにん》に来たミレーユは感動して見渡《みわた》した。石造りの舞台は磨《みが》き上げられ、前方には楽団の席も新たに作られている。無骨だった舞台周辺には細い針金がはりめぐらされ、薔薇《ばら》園の管理人が生真面目《きまじめ》な顔をして花を飾《かざ》り付けていた。

「あんたたちはすごいわ。天才ね！」

手放しの褒《ほ》められように、劇場担当だった騎士《きし》たちは照れたように頭をかく。布で髪《かみ》を覆《おお》い前掛《まえか》けをつけた彼らは、場内を掃《は》き清め、頑丈《がんじょう》な幕を周囲にはりめぐらせて、完璧《かんぺき》な劇場を作り上げてくれたのだ。

「ちょ……あんま褒めないでくれよ。照れるだろ……」

「今度またビスケット焼いてきてあげるわね！」

「あ……うん、無理にとは言わねーけど……」

微妙《びみょう》に目をそらしつつ、彼らは曖昧《あいまい》に答える。一度は美味だったとはいえ、ミレーユの料理の腕前《うでまえ》をまだ信用しきってはいないのだった。

「当日はこちらの長椅子《ながいす》を運び込むつもりです。配置はいかがしましょう？」

同行していた祝宴局《しゅくえんきょく》の担当者が、大きめの帳面をめくって差し出す。落ち着いた色合いの長椅子の絵を見て、ミレーユはうなずいた。

「出入り口が正面にありますよね。そこから舞台までの直線上を空けておいて欲しいんです。人がふたりくらい通れる幅《はば》で」

「承知しました。では篝火《かがりび》の位置ですが――」

別の冊子を取り出してすばやくめくる。それを見守っていたミレーユは、頬に冷たいしずくが当たったのに気づいて空を見上げた。


雨は瞬く間に本降りとなった。

離宮の中に避難《ひなん》し、窓辺で灰色の空を見上げながら、ミレーユは深々とため息をつく。

「やみそうにないわね……」

野外劇場は天井《てんじょう》部分が開いているので、雨が降り出したらもう何も作業を進められない。こんなこともあろうかと周囲の幕は即時《そくじ》着脱《ちゃくだつ》可能なように設《しつら》えてくれていたため、急いで外したので雨で濡《ぬ》れることはなかった。それでも、せっかく綺麗《きれい》にしてもらった劇場が水浸《みずびた》しになるのはやっぱり悔しい。

(王宮での打ち合わせもあるし、早く戻りたいのに……。ついてないわ)

馬車で来ているので、帰ろうと思えばすぐにでも帰れる。しかし次はいつ離宮に来られるかわからないため、作業に一区切りつけておきたいのだ。とにかく雨が止《や》むのを待つしかない。

「ベルザリオの雨ですね」

隣《となり》で同じように外を眺《なが》めていたリヒャルトがつぶやいた。きょとんとして見上げたミレーユに笑《え》みを返して続ける。

「恋しい人を帰したくないとき、都合良く降ってくれる恵《めぐ》みの雨のことですよ」

「…………」

何か今、変なことを言われたような気がして、ミレーユは戸惑いながら彼を見つめた。視線に気づいたリヒャルトが笑みを消し、じっと見つめ返してくる。ぎくりと心臓が鳴った。

「……そっ、そう。リヒャルトって物知りねっ」

動揺《どうよう》のあまり不自然に目をそらしてしまい、そわそわしながら話題を探していると、部屋に入って最初に見つけたものが再び目に留《と》まった。小さなピアノだ。

「ねえ、今もピアノ弾《ひ》けるの?」

訊《なず》ねると、リヒャルトはそれに気づいて目をやった。

「たぶん、少しなら……」

「ほんと? じゃあちょっと弾いて聴かせて」

ぼんやりと眺めていたリヒャルトは、はずんだ声に背中をおされてそちらへ歩み寄る。椅子をふたつピアノの前に並べ、うながすようにミレーユを見た。

「そばで見てもいいの？」

「もちろん。──どんな曲がいいですか？」

「じゃあ、リヒャルトの好きな曲」

わくわくして椅子に座るミレーユの要望に、リヒャルトは考え込む。

「そうだな……。せっかくだから、元気の良いやつにしましょう。ところどころしか覚えてないけど、とりあえずちょっとずつ弾いてみます」

少し自信がなさそうにつぶやいて、彼は指を鍵盤《けんばん》の上に載せた。

「まずは第一楽章──」

長い指が軽《かろ》やかに音を弾《はじ》いた。

雨音しかなかった部屋に小気味の良い旋律《せんりつ》が流れ出す。明るい曲調のそれは、たちまちのうちに雨の憂鬱《ゆううつ》を消し去った。

「なんていう曲？」

「曲名は忘れましたが……、英雄《えいゆう》に捧《ささ》げる行進曲、かな。ランスロット・アスリムの武勇を讃《たた》えたもので……。──ちゃんと調律してありますね」

鍵盤を目で追いながら、リヒャルトは独り言のように付け足した。少し黙《だま》ってから、思い直したように続ける。

「このピアノは、ラドフォード男爵《だんしゃく》が贈《おく》ってくれたものなんです」

「トーマスさんが？」

「俺がなかなか懐《なつ》かないから、気を遣《つか》ってくれて。でも正直その頃《ころ》はピアノどころじゃなくて、ほとんど近寄らなかったんですが」

曲調が少し変わった。気のせいかと思って顔をあげると、リヒャルトは少し笑った。

「覚えてる箇所《かしょ》しか弾いてないから……これは第二楽章」

会話をしながら、彼は当然のように音をつむいでいく。まるで指が勝手に動いているかのようになめらかだ。ミレーユはなんとかこの感動を美しい表現を使って伝えたかったが、いかんせん語彙《ごい》にとぼしいので素直《すなお》な言葉をのべるだけにしておいた。

「すっごく上手ね！」

「いえ、そんな」

「鍵盤の魔術師《まじゅつし》！」

「……無理に褒めなくてもいいんですよ」

褒め言葉《ことば》に若干《じゃっかん》たじろいだように答え、リヒャルトは唇《くちびる》をほころばせた。

「本当に落ちこぼれだったんです。気持ちが入ってないっていつも先生に怒《おこ》られてましたし。楽器を弾くより、音楽史の本を読んでるほうが好きだったから……これから第三楽章です」

律儀《りちぎ》に説明して、彼は続けた。

「でも体は覚えてるものですね。もう三年くらいは弾いてないんですが……」

「じゃあ、アルテマリスに来てからも少しは弾いたことあったのね」

「ええ。昔、王女殿下《でんか》の騎士になったばかりの頃に。王宮はつまらないとおっしゃるので、ふたりでここへよく遊びに来たんです。殿下はこの曲がお気に入りで、これを聴《き》かないとお昼寝《ひるね》もしてくださらなくて」

確かにその第三楽章は、それまでに比べてゆるやかで落ち着いた曲調だ。セシリアは子守歌《こもりうた》のように思っていたのかもしれない。ミレーユはほんの少しセシリアが羨《うらや》ましくなった。

そんな内心に気づいた様子もなく、リヒャルトは演奏を続ける。

「これはシアラン王宮で流行《はや》った曲なんです。それで殿下もこの曲がお好きだったんですよ」

ミレーユははたと彼の横顔を見上げた。セシリアがシアラン公女マリルーシャだという事実。それを彼がほのめかしたのは初めてかもしれない。

「シアランの作曲家が宮廷《きゅうてい》に贈ったもので、それが都にも広まって……」

曲調が三度《みたび》変わる。神妙《しんみょう》な顔で聴き入っていたミレーユは、その旋律に今までの曲にはない懐かしさのようなものを覚えた。

「この曲、知ってる……」

え、とリヒャルトが訊《き》き返す。

「聴いたことある……。ほら、このまえ話したでしょ、バイオリンの上手な男の子のこと。その子がよく弾いてたの」

音が止んだ。

リヒャルトは、言われた意味がよくわからないという顔をしてこちらを見た。

「……本当に？」

うなずきを返すと、ぐっと腕《うで》をつかまれた。

「その少年の名前は？」

「キリルだけど……、なに、どうかしたの？」

「特徴《とくちょう》は？　髪の色とか」

「ええと、髪は黒で瞳《ひとみ》は――」

矢継《やつ》ぎ早《ばや》に質問され、ミレーユはたじろいで見つめ返した。急に厳しい顔つきになった彼の――鳶色《とびいろ》の瞳を。

「リヒャルトと、同じ色……」

「……」

彼は少し沈黙《ちんもく》してから、冷静な表情になって再び口を開いた。

「そのキリルという少年が今どこにいるか、わかりますか？」

「ううん、あれ以来会ってないし……。でもヒースなら知ってるかも。キリルはヒースと同じ劇団の子なの。――ねえ、キリルがどうかしたの？」

リヒャルトは黙ったまま鍵盤に目を落とした。直前までの彼の動揺を不審《ふしん》に思い、ミレーユは身を乗り出した。

「もしかして、キリルを知ってる？」

ジークの部屋で肖像画《しょうぞうが》を見たときから、キリルのことがずっと気になっていた。もしリヒャルトが彼のことを知っているのなら何か情報を教えて欲しい――そう思って見上げたミレーユは、どこからか鋭《するど》い視線を感じて、ぎくりと身じろぎした。

「――ミレーユ？」

「いま、外に誰か……」

肩越《かたご》しに見える、雨にけぶる庭。誰かがこちらをじっとうかがっていたのだ。

リヒャルトはすばやく窓辺へ行くと外を見やった。追いかけたミレーユも同じように外を見たが、すでに人影《ひとかげ》は消えていた。

「ちょっと見てきます。ここにいてください」

言い置いてリヒャルトは急いで部屋を出て行った。

その様子に尋常《じんじょう》でないものを感じ、ミレーユはもう一度窓の外を見た。それから少し迷ったあと、思い切って部屋を飛び出し、リヒャルトを追った。

どちらへ行ったのか見当をつけて回廊《かいろう》を足早に歩いていると、行く手に思いがけない人物が待っているのが見えた。

「よう、ミレーユ」

手をあげたのはヒースだった。ちょうど会いたかった人物の登場に、ミレーユは驚《おどろ》いて彼に駆《か》け寄った。

「ヒース、捜してたのよ。訊きたいことがあって」

「俺も。おまえに用があってな。捜してたんだ」

「用？　それでわざわざ離宮《りきゅう》にまで来たの？」

ミレーユは訝《いぶか》しげに彼を見上げたが、その瞬間《しゅんかん》とんでもないことを思い出してはっと口をおさえた。今は男装しているというのに、ミレーユという名に反応してしまったのだ。

青ざめるミレーユを見て、ヒースは軽く肩《かた》をすくめた。

「言っただろ。おまえが伯爵《はくしゃく》の妹だってことはとっくに知ってる。兄貴と時々入れ替《か》わってたこともな」

「……う、あ、え、えと」

「ああ、わかったわかった。誰にも言うなってんだろ？　安心しろ、俺はお前の味方だ。それより訊きたいことって何だ。悪いがあんまり時間ないんだよ」

いなすように促《うなが》され、ミレーユは何とか気持ちを落ち着ける。自分がヘマをしてしまった以上、味方だと言う彼の言葉を信じるしかない。

「あ……あのね。ほら、劇団にキリルっていたでしょ。バイオリンが上手だった子。あの子、今どうしてる？」

ヒースは怪訝《けげん》そうに眉《まゆ》を寄せた。

「何だ急に。なんでそんなこと知りたいんだ」

「それは……、ちょっと、気になって……」

肖像画で見た行方《ゆくえ》不明のシアラン王太子によく似ていただなんて、さすがに簡単には口に出せない。

口ごもるミレーユをヒースは不思議そうに眺《なが》めたが、ふと思い直したように言った。

「シアランへ来れば、何でも教えてやる」

「なんでシアランに？」

「俺の目を見ろ、ミレーユ」

そう言ってヒースはミレーユの顔を両手で挟《はさ》むようにして上向けさせた。

「ちょっ……、何よ？」

驚いて逃《に》げようとすると、ヒースは少し躊躇《ためら》うようにつぶやいた。

「……ごめんな」

灰紫《はいむらさき》の瞳が、すっと赤く光る。錯覚《さっかく》だろうかと見つめ返した瞬間、強烈《きょうれつ》な眩暈《めまい》が全身を襲《おそ》った。体から力が抜《ぬ》け、ミレーユは思わず座り込みそうになった。

（何……これ……）

いつか、これと同じ感覚を味わったことがある気がする。だがそれが何だったのか思い出す前に、意識は急速に失われていった。

誰かの叫《さけ》ぶ声が聞こえる。乱暴なほどの勢いで抱《だ》きかかえられたが、それが誰の腕なのか確《かく》認《にん》することは出来なかった。

「待て！」

踵《きびす》を返そうとしたヒースが、鋭い制止の声に足を止める。

ヒースの手から奪《うば》い取るようにしてミレーユを抱きかかえたリヒャルトは、それを確認すると後ろに控《ひか》えた青年を振《ふ》り返った。舞台《ぶたい》の飾《かざ》り付けを手伝っていた薔薇《ばら》園の管理人は、しのばせた短剣《たんけん》を今にも抜こうとしている。

「レオドル、彼女を運んでくれ」

短い指示に、彼は何か言いたげに目線を寄越《よこ》した。

「心配いらない。話をするだけだ」

「……」

警戒《けいかい》するようにヒースを見やったレオドルだが、逆らうことなく、ぐったりとしたミレーユを受け取った。去っていくのを見送り、リヒャルトはヒースに目を戻《もど》す。

「キリルという少年について訊きたい」

「あー……ミレーユに聞いたのか」

くせのある髪《かみ》をかきあげ、ヒースはため息まじりにぼやいた。その表情からして、リヒャルトが訊きたいことの答えはすでに出ているようなものだった。

ミレーユに弾《ひ》いて聴《き》かせた曲のうち、第一、第二楽章は明るい曲調で有名だが、第四楽章以降は一般《いっぱん》にはほとんど知られていない。もとは前大公一家に捧《ささ》げられた私的な曲であり、七年前の事件で封印《ふういん》されてしまったため、今となっては知っている人間はかなり限られている。

「……シアラン宮廷に関《かか》わりのある者だな」

「……」

「今どこにいる。一緒《いっしょ》に行動しているのか？」

問い詰《つ》めるリヒャルトを、ヒースはやれやれといった顔で眺めた。

「あいつはもういないよ」

「——何？」

「いなくなったんだ。二年前、急に」

「二年前……？」

その頃《ころ》に何か変わったことがあっただろうか。うまく記憶《きおく》をたどることができない。

ミレーユに術をかけて連れ去ろうとしていた男を前にして、彼は冷静さを失っていた。

「何の目的でミレーユに近づいている」

厳しい声での問いに、ヒースはぐらかすように笑《え》んだ。

「何って……。幼なじみの娘《むすめ》と話をしちゃいけないのかよ。随分独占欲《ずいぶんどくせんよく》が強いねえ」

剣《けん》の柄《つか》に手をやるリヒャルトを見て、少々呆《あき》れたように付け足す。

「意外と喧嘩《けんか》っ早《ぱや》いな。けど、いちいち刃物《はもの》で脅《おど》す癖《くせ》は直したほうがいいと思うぜ」

「彼女には二度と近づくな。次に接触《せっしょく》した時には、斬《き》る」

心情的にはすぐにでもそうしたかったが、企《たくら》みを知らないままここで斬り捨てるのは危険が大きすぎる。それが歯がゆかった。この神官がランスロットだとミレーユに言っていれば、少なくとも警戒心は持ったはずだ。自分の保身のために黙《だま》っていたせいであんな目に遭《あ》わせたのだと思うと心底腹立たしい。

本気の警告を感じとったのかどうか、ヒースは皮肉な笑みを見せた。

「神の使徒を斬れるのかい？　怖《こわ》いもの知らずなんだな」

「……あいにく俺はシアランの神に嫌《きら》われている」

ヒースは軽く声をあげて笑い、すい、と一枚のカードを投げた。器用にリヒャルトの手元へ届いたそれには、王宮のとある建物の名前が記してあった。

「あんたに会いたいって人が来てる。そこで待ってるから顔を見せに来いとさ」

そう言って彼は踵を返した。

去っていく男の後ろ姿を見送り、リヒャルトは背後の繁《しげ》みへと視線を走らせる。

この場にいるもう一人の人物。——彼はこの会話を聞いて、何か気づいただろうか？

「殿下《でんか》!?　ずぶぬれで、どうなさいましたっ」

部屋へ戻るなり、近衛たちが驚愕《きょうがく》の顔つきでわらわらと寄ってきた。

よろけるように椅子《いす》に座ったヴィルフリートは、難しい顔つきでつぶやいた。

「ああ……。大事ない」

「お風邪《かぜ》を召《め》されます、急いでお召し替えを」

取り囲んだ近衛たちが、よってたかって濡《ぬ》れた髪をふき服を脱《ぬ》がそうとする。されるがままになりながらヴィルフリートはなおも考え込んでいた。

（あの男、一体何者だ……？）

眼鏡《めがね》をかけた黒髪《くろかみ》の若い男だった。見慣れない型の服を着ていたが――おそらくアルテマリスの者ではあるまい。

――いや、そんなことよりも。

フレッドのことをミレーユと呼んでいた。そしてフレッドもそれに反応していた……。

（ミレーユというのはあの令嬢《れいじょう》の名前だったはず。確かにあのふたりは瓜《うり》二つだが、男の恰好《かっこう》をしている者を間違《まちが》えるとは思えない。わかったうえで呼びかけたようだったし……）

うーむ、と彼は眉根を寄せる。考えれば考えるほど、ありえない答えしか浮《う》かばなくなる。

（まさか、あの令嬢が男の恰好をしてうろうろしているわけはあるまい。深窓の令嬢がそんな奇抜《きばつ》な趣味《しゅみ》を持っているなど……、いや、趣味以前の問題だ。役者などの中にはそんなことをする者もいると聞くが、常識的に考えて、あの令嬢が自ら進んで男のふりなどするだろうか。男装などしたらますますフレデリックそっくりになってしまうのに、不自由ではないか）

しかしながらそう仮説を立てると、謎《なぞ》がいくつか解けるような気がしなくもない。

ルーディにもらった惚《ほ》れ薬を使った実験は、結局不発に終わった。あの時は動揺《どうよう》して逃げてしまったが、よくよく考えてみればフレッドはリヒャルトに対していつもあれくらいのことは言っている。まったく参考にはならない。

けれども、つい先ほど庭先から垣間見《かいまみ》た光景——ピアノの前に並んで座っていたふたりの雰囲気《ふんいき》は、いつもの彼らではなかったように思う。

（どういうことなんだ……？）

フレッドに瓜二つな女性が現れたことで混乱しているだけなのだと思っていた。しかし、もはやそれだけでは済まされない事態になってきている。

真相を解き明かすには、もう一度何らかの実験をしてみるしかない。

真剣《しんけん》な顔で考え込んだヴィルフリートは、長い沈黙《ちんもく》の後、決心したように顔をあげた。

「僕はこれから、ちょっと溺《おぼ》れようと思う。……うむ、溺れて瀕死《ひんし》になるぞ！」


目を覚ましたミレーユは、自分が長椅子《ながいす》に横になっているのを見て当惑《とうわく》した。

不思議に思って目線をめぐらせると、すぐそばの窓辺に誰かが立っている。

ぼんやりと外を眺《なが》めているのはリヒャルトだった。何か考え事でもしているようだ。

片手を胸のあたりにやっているのでよく見てみると、首からかけた何かを指に持っている。

鈍《にぶ》い色の小さなそれを見て、ミレーユは首をかしげた。

「それ、鍵《かぎ》？」

リヒャルトが我に返ったように振り返る。

「気分はどうですか」

「大丈夫《だいじょうぶ》……すごくすっきりしてるわ」

すっきりしすぎて空腹を覚えるくらいだ。

「……あたし、何で寝《ね》てたの？　ここにヒースがいなかったっけ……？」

ついさっきまでリヒャルトがピアノを弾いてくれていたはずだが、庭に誰かがいるのを発見して確かめに行き、その途中《とちゅう》でヒースと遭遇《そうぐう》――した気がするがそこから記憶がない。

窓辺を離《はな》れ、リヒャルトが部屋の中に戻ってくる。ミレーユが座っている長椅子の傍《そば》に膝《ひざ》をつき、微笑《びしょう》した。

「誰もいませんよ。あなたは気分が悪くなって少し眠《ねむ》っていたんです」

彼の胸元《むなもと》で鍵が揺《ゆ》れる。視線を感じたのか、リヒャルトはそれをつまんで差し出した。

「宝箱の鍵です」

古びた鈍色《にびいろ》のそれは、開きかけの花弁のような小さな持ち手がついている。

「どんな宝物が入ってるの？」

「さあ……。開けたことがないからわかりません」

彼は笑って鍵を眺めた。

「もしかしたら何も入ってないかもしれない。とんでもない怪物《かいぶつ》が入っているかもしれないし、望み通り自分の欲しいものが入っているのかも」

「ためしに振《ふ》ってみたら？　何か入ってれば音がするんじゃない？」

「箱は持ってないんですよ。どこにあるのかもわからないし」

「そう……。もったいないわね、せっかく鍵があるのに」

ミレーユはまじまじと鍵を見つめた。妙《みょう》に惹《ひ》かれるものがあったのだ。首からさげているのを見ても相当大切なものだろう。お守りか何かだろうかと漠然《ばくぜん》と思っていると、笑ってうなずいたリヒャルトが懐《ふところ》から紙包みを取り出した。

「ちょっと口を開けてください」

「？」

不思議に思いつつも言われるまま口を開けると、何かを放り込まれた。口の中に、焼けた木の実の香《こう》ばしい香《かお》りが広がる。

「…………」

あまりのおいしさに無言になってしまい、はたと我に返ってリヒャルトを見ると、彼は楽しげに笑った。

「お腹《なか》が減ったって顔に書いてあります」

また心を読まれてしまった。わかりやすすぎる自分にちょっと情けなくなりながら、ミレーユはもぐもぐとお菓子《かし》を食べた。

「……探さないの？　その宝箱」

「そのうち探すことになるかもしれません」

「じゃあ、その時はあたしも一緒《いっしょ》に探すわ」

リヒャルトは戸惑《とまど》ったようにミレーユを見つめた。

「あたしだって、少しはあなたの表情を読めるのよ。その鍵はすごく大事なものだって顔に書いてあるわ。このへんに——」

彼の真似《まね》をして頰《ほお》を指差そうとしたら、その手をそっとつかまれた。

「ありがとう。でも危ないから」

「え……もしかして秘境とかにあるの？　あ、違《ちが》うわよ、宝物を狙《ねら》ってるわけじゃなくて……」

誤解されたかと慌《あわ》てたミレーユの頰に、リヒャルトは微笑んだまま、もう一方の手でふれた。

静かなまなざしを向け、それきり彼は黙《だま》り込む。部屋の中に唐突《とうとつ》な静けさが訪《おとず》れた。

それはどこか居心地《いごこち》が悪く、ミレーユを落ち着かなくさせた。雨音だけが弱く聞こえる中で、どうしてそんなに見つめるのかと訊《たず》ねる時機を失ってしまった。

だがその沈黙はさほど長くは続かなかった。忙《せわ》しなく扉《とびら》がノックされ、慌てた様子で数人の少年たちが駆《か》け込んできたのだ。

「大変です、伯爵《はくしゃく》！　ヴィルフリート殿下が……！」

目を丸くするミレーユに、青薔薇《あおばら》の騎士《きし》たちは青い顔をして訴《うった》えた。

広い温室の中央にある噴水《ふんすい》のそばに、王子は横たわっていた。ぐったりと目を閉じ、意識がないのか揺さぶっても反応しない。

「お医者様を呼んできて！」

一緒にいた近衛に叫《さけ》ぶと、彼らは一目散に走っていった。残ったミレーユはおろおろと王子を見下ろす。

「こういう時どうすればいいんだっけ……!?　溺れた人なんて見かけたことないわよっ」

彼の近衛騎士たちによれば、王子はうっかり噴水に落ちてしまい、瀕死の重体ということだった。それでなぜ自分に助けを求めてきたのかという疑問は、最初から持つ余裕《よゆう》などない。

「い……息してないみたい……。どうしよう、口移しで空気を吹《ふ》き込めば生き返るかしら」

やり方や理論はわからないが、たぶんそれで合っているはずだ。ミレーユは青い顔で王子の傍に屈《かが》み込んだが、後ろから肩《かた》をつかまれ止められた。

「俺がやります」

「――へ？」

「ちょっとどいてください。代わりにやりますから」

ぽかんとするミレーユをおしのけて前に出たリヒャルトは、横たわっている王子を冷静な顔で見下ろした。

「……不思議ですね。お溺れになったわりに、御髪《おぐし》もお召《め》し物もまったく濡《ぬ》れていらっしゃらない」

ぴく、とかすかにヴィルフリートの頬が動く。それを見たリヒャルトは表情を変えず続けた。

「伯爵はこういったことに慣れていらっしゃいませんので、僭越《せんえつ》ながら自分が務めさせていただきます。お許しを」

心なしか青ざめる王子の上に、リヒャルトは躊躇《ためら》いなく覆《おお》いかぶさる。

「ご無礼つかまつります、殿下《でんか》」

啞然《あぜん》と成り行きを見ていたミレーユは、そのまま身を屈《かが》めようとする彼に思わず飛びついた。

「やめてっ！」

不意打ちの体当たりをくらって王子の上に倒《たお》れそうになり、リヒャルトは咄嗟《とつさ》に横へ転がった。勢いあまってミレーユも一緒に芝《しば》の上に転がる。

先に身体《からだ》を起こしたリヒャルトがしかめっ面《つら》で抗議《こうぎ》した。

「いきなり、何です？　危ないじゃないですか」

どうして止めてしまったのか自分でもわからないまま、ミレーユも応戦する。

「だって、びっくりして……。あまりにも躊躇いなく口移ししようとするから、止めなきゃいけないような気がしちゃったのよ。なんだか忍《しの》びなくて……」

「それは俺だって同じです。だいたいあなたはすぐに他人を信用しすぎですよ。騙《だま》されたとわかったあとで後悔《こうかい》しても遅《おそ》いんですから」

「なによそれっ。なんでこんなときに性格批判されなきゃいけないの？　あたしはね、あなたを心配して言ってるのよ。男同士でそんなことして、あとで顔を合わせたときに何か気まずい感じになっちゃったらいけないと思って」

「男同士なら洒落《しゃれ》で済むからいいんです。逆のほうが問題でしょう。女性に襲《おそ》われても泣いて落ち込んでいた人が、よくも躊躇いなく男相手にやろうと思えますね」

「そんなの、人の命がかかってる時に言うことじゃないでしょっ。ヴィルフリートさまは溺《おぼ》れて瀕死《ひんし》の状態なのよ！」

「その台詞《せりふ》はそっくりそのまま返します。とにかく、ちょっと大人《おとな》しくしていて——」

急にリヒャルトは言葉をのみこんだ。何事かと見上げたミレーユは、そこで初めて自分の置かれた状況《じょうきょう》に気がついた。

地面に仰向《あおむ》けに転がった自分の上に、リヒャルトが覆い被《かぶ》さっている。虚《きょ》を衝《つ》かれたような顔をして見下ろしているのを見ると故意にやったわけではないらしいが、押し倒されていることに変わりはない。

そう把握《はあく》した途端《とたん》、頭に血が上って何も考えられなくなった。ミレーユはただひたすら目を瞠《みは》ってリヒャルトを見つめた。

口論が途切《とぎ》れ、温室に静寂《せいじゃく》が戻《もど》る。——と、しびれを切らしたように第三者の声がその空気を切り裂《さ》いた。

「いい加減にしろ貴様らッ、人が溺れて死にかけているというのに、何を横でごちゃごちゃとぬかしているんだ！」

とても死にかけとは思えない勢いで跳《は》ね起きたヴィルフリートは、すぐ横で無言のまま見つめ合っているふたりへ怒鳴《どな》りつけた。

「いちゃつくにしても時と場合を考えろ！　こんな寒空の下で、しかも真昼間だというのに、このような人目につく場所で押し倒す……など……」

険しい顔で詰《なじ》っていた彼は、そこであらためて状況に気づいたらしい。声をのみ、そのままあんぐりと口を開けた。

我に返ったリヒャルトが急いで身体を起こす。

「……失礼しました」

「う……うん」

ぎくしゃくしながらミレーユも起き上がった。今さらのように顔が熱くなるのを見られまいと横を向くと、倒れていたはずのヴィルフリートがぽかんとしたような顔でたたずんでいる。

「殿下、大丈夫《だいじょうぶ》ですか!?」

凍結《とうけつ》していた王子は、はっと息を吹き返した。狼狽《ろうばい》した様子で彼は勢いよく後退《あとずさ》った。

「だっ、だだだ大丈夫だっ」

まっしぐらに背後の噴水へと向かうのを見て、ミレーユは慌てて叫んだ。

「ヴィルフリートさま、危ないです！」

警告なしく、派手な水しぶきとともに王子は背中から噴水に突《つ》っ込んだ。


寝室《しんしつ》には壁《かべ》一面に着ぐるみがかけられていた。

天蓋《てんがい》を半分下ろした薄暗《うすぐら》い寝台で寝具にもぐりこんでいる王子に、ミレーユはおずおずと声をかけた。

「あの……、ご気分はいかがですか」

この冬空の下、冷たい噴水に突っ込んでしまったのだから上機嫌《じょうきげん》でないのは承知の上だが、他《ほか》にかける言葉が見つからない。

もぞり、と寝具の中で動く気配があった。

「……気分なら、最悪だ」

くぐもった声で答え、王子はおもむろに起き上がった。

「フレデリックではないな」

ぎくりとするミレーユに、彼は真顔でたたみかける。

「きみは……ミレーユなんだろう？」

「……」

「本当のことを言ってくれ。きみが望むなら決して口外はしない！」

鼻声で必死に訴《うった》えるヴィルフリートを見て、ミレーユは目を泳がせた。

これまでも他の人にばれまくっているのだ。正直に話せばフレッドに面倒事《めんどう》がふりかかるかもしれない。実際、自分のことはばらすなとも言われている。

「きみの正体が何なのか、はっきりしないと夜も眠《ねむ》れないのだ。頼《たの》む、この怪奇《かいき》現象を解決してくれ。言いたくないのなら詳《くわ》しい事情までは訊《き》かない」

鬼気迫《ききせま》る顔で懇願《こんがん》され、ミレーユは散々迷ったが、とうとう首を縦に振《ふ》った。

きっと彼なら面白《おもしろ》がって言いふらすようなことはしないだろう。それに、彼が自分たち兄妹《きょうだい》の入れ替《か》わりについて悩《なや》んでいるようなので、これ以上騙しているのが忍びなかった。

「はい……。おっしゃるとおり、あたしはフレッドじゃありません」

王子は拍子抜《ひょうしぬ》けしたように表情をゆるめ、それからまじまじとミレーユを見つめた。

「……いつからだ。僕の前にその恰好《かっこう》で現れるようになったのは」

「えっと……」

ミレーユは懸命《けんめい》に記憶《きおく》をたぐりよせ、ベルンハルト伯爵《はくしゃく》として彼と接した時のことを思い出せるかぎり言い連ねた。ヴィルフリートはいちいちうなずきながら聞いていたが、話が進むにつれ深刻な顔になった。

「すみませんでした。今まで騙していて」

黙《だま》り込んでしまった王子に、ミレーユは悄然《しょうぜん》と頭をさげる。しかしヴィルフリートにとっては、そんなことはもうどうでもよかった。

「やはりそうだったのか……！」

勘《かん》が当たったことで、彼は軽い興奮状態にあった。

思えば心当たりのあることばかりだった。ミレーユが言い連ねた、本物と入れ替わっていた期間。フレッドのことが気になりだした時期とぴたりと一致《いっち》する。

「おかしいと思ったのだ。あの男が僕のことを身を挺《てい》して庇《かば》ったりするわけがない。僕はやはり正常だったのだ！」

意味もなく勝利を感じ、彼はあっはっはと高笑いした。男相手に――しかもあの馬鹿《ばか》にときめいていたわけではないとわかり、これまでのもやもやが吹《ふ》き飛んだ気がした。これからは存分にまた奇襲《きしゅう》を仕掛《しか》けることができる。喜ばしいことだ。

「しかしきみは気の毒だな。顔が似ているというだけで身代わりをさせられていたとは」

「はあ……いえ」

急に元気になった王子をミレーユは目を丸くして眺《なが》めている。ヴィルフリートは腕組《うでぐ》みをして考え込んだ。

（まったく、紛《まぎ》らわしいぞ。悪党どもから命を張って助けたり、男装のくせしてふにゃりとした感触《かんしょく》を味わわせたり……。普通《ふつう》の男なら心を奪《うば》われてしまうのではないか？　僕だったからよかったものの……）

王宮肝試《きもだめ》し大会の夜、反逆者の息子《むすこ》に殺されかけた自分を、危険を顧《かえり》みず庇ってくれた彼女。女性にしておくにはもったいない勇敢《ゆうかん》さだ。普段はあんなにも可憐《かれん》でなよやかな淑女《しゅくじょ》だというのに。しかも他の婦人たちと違《ちが》って着ぐるみに造詣《ぞうけい》の深い面も見せていた。柔軟《じゅうなん》かつ先進的な考えもできる人なのだろう。まったくもって素晴《すば》らしい女性だ。

（……ん？）

ヴィルフリートは眉《まゆ》を寄せた。先ほどから彼女のことを考えると手放しの褒《ほ》め言葉しか出てこない。なぜだろう。

目の前に座っている彼女を見ると、顔がなんだか熱くなってくる。なぜだ。

夜の庭で押し倒《たお》したときの手に当たった感触を思い返すと、鼻の奥がむずむずしてくるのは、なぜ──。

「だっ、大丈夫ですかっ⁉」

突如《とつじょ》鼻血を噴《ふ》いた王子に、ミレーユは仰天《ぎょうてん》して叫《さけ》んだ。ヴィルフリートは慌《あわ》てて鼻をおさえ、うろたえて目を泳がせた。

（これは……もしかして僕は……⁉）

思い当たった途端、激しく胸が波打つのを感じた。もちろん鼻血も止まらない。

初めて知る感情に王子は呆然《ぼうぜん》と浸《ひた》りかけた。が、あるひとつの事実が彼を現実に引き戻す。

（いや、待て。落ち着くんだ。彼女はラドフォードと……）

初めてフレッドの身代わりになったという時から、彼女の隣《となり》にはあの騎士《きし》がいた。それはとっくに知っていたことだ。だからこそ、横恋慕《よこれんぼ》はしないと自分に言い聞かせてきた──。

「………ひとつ訊《たず》ねてもいいか」

途方《とほう》もない逡巡《しゅんじゅん》のあと、彼は意を決して口を開いた。

「きみは……ラドフォードの恋人《こいびと》なのか？」

医者を呼びに走ろうとしていたミレーユは、思いも寄らない質問に驚《おどろ》いて振り向いた。あまりにも真剣《しんけん》な様子で訊かれたので、動揺《どうよう》する間もなく首を振る。

「いいえ。リヒャルトとは友達です」

「そ……そうなのか？」

意外すぎる答えに、間の抜《ぬ》けた声が出た。

横恋慕の心配がなくなったことで、疑念がようやく確信に変わる。

（間違いない。やはり僕は彼女に恋をしている……！）

十五年の人生において初となる、感動の体験だ。しかしここに到達《とうたつ》するまでにいろいろ心労がかかりすぎたらしい。

「——ヴィルフリートさま！」

鼻血にまみれたまま、王子は力尽《ちからつ》きて寝台に倒れ伏《ふ》した。


翌日。乙女《おとめ》劇団の初舞台《はつぶたい》にむけて準備が大詰《おおづ》めを迎《むか》える中、練習場であるリディエンヌの宮《きゅう》殿《でん》では密議が開かれていた。

「じゃあみなさん、いいですか。新しい台本は団員以外に絶対に見せないでくださいね。機密がもれちゃったら舞台《ぶたい》が失敗してしまうかもしれないので」

「はーい」

注意をうながすミレーユに、刷られたばかりの新しい台本を手にした令嬢《れいじょう》たちは可愛《かわい》らしい声で返事をする。それぞれの持ち場に戻《もど》っていく彼女たちを見ていると、リディエンヌが心配そうに耳打ちしてきた。

「大丈夫《だいじょうぶ》でしょうか。シャロンはお父様のことで頑《かたく》なになっていらっしゃいますわ。承知してくださるかどうか……」

躊躇《ためら》うように言いよどむ彼女に、ミレーユは安心させるように微笑《ほほえ》んだ。

「シャロンを説得しなきゃ舞台も失敗ですから。絶対に納得《なっとく》させてみせます」

「ミレーユさま……」

「かなり手強《てごわ》いとは思うけど……座長の意地にかけて、やります」

ミレーユが気合いを入れて宣言したときだった。

「お疲《つか》れ様でーす」

野太い声とともに、見慣れた団体がどやどやと入ってきた。髪《かみ》を布で覆《おお》い、そろいの前掛《まえか》けをして手に手に籠《かご》や盆《ぼん》を持っているのは白百合《しらゆり》の騎士たちだ。

「頑張《がんば》ってるお嬢様方に差し入れですよー」

「えっ。本当？」

驚く団員たちをよそに、彼らはてきぱきと配膳《はいぜん》を始める。暖かい湯気と香《こう》ばしい香《かお》りが室内にただよった。

笑顔《えがお》で盆を回され、面食らいながら団員たちは椀《わん》や皿を受け取る。おっかなびっくり口に運んでいたが、やがて楽しげな顔になった。

「まあ、こんなに粗末《そまつ》なパンなのに、すごくおいしい」

「スープもおいしいわ、こんなに粗末な食材なのに」

令嬢たちはきゃっきゃと無邪気《むじゃき》に喜んだが、騎士たちは微妙《びみょう》に落ち込んだ顔になった。

「粗末って……」

「俺らにとっちゃご馳走《ちそう》なのに……」

「何だよちくしょう……俺らだって一生懸命《いっしょうけんめい》生きてんだよ」

そろって涙目《なみだめ》になったので、ミレーユは慌てて慰《なぐさ》めた。

「まあまあ、そんなに泣かないで。みんなだって悪気があって言ってるわけじゃないわ。あたしはあんたたちのこと好きよ、だから元気出して。またビスケットも焼いてきてあげるから」

「……」

騎士たちはほんのりと頰《ほお》をそめた。

「好きって言われちゃった……」

「いや、そういう意味じゃないから！」

「……でもビスケットはいらねえ」

「なんでよ!」

わいわいと言い合っているところへ入ってきたシャルロットが、騎士たちを見つけてたじろいだように足を止めた。近頃《ちかごろ》彼女はよく昼間にいなくなるが、どこへ行っているのかあえて訊ねたことはなかった。

「——こんなところに来ていらしたのね、あの方たち。姿が見えないと思ったら……」

かいがいしく令嬢たちに配膳している騎士たちを見やり、シャルロットはぼそりとぼやく。

個人稽古《げいこ》のため一緒《いっしょ》に隣の部屋へ行きながらミレーユはさりげなく訊ねた。

「サロンへ行ってたの?」

ぴく、と一瞬《いっしゅん》動きが止まる。しかし顔に出さないのはさすがの女優魂《だましい》だった。

「イアンさんなら、白百合のみんなにもてなされてるわ。毎朝一緒に筋肉体操してるみたい」

「なんですって?」

驚愕《きょうがく》したように叫んだシャルロットは、心なしか青ざめた。

「冗談《じょうだん》じゃないわ、すぐにやめさせてちょうだい。彼の腕《うで》は大事な商売道具なのよ。それでなくても体力がないんだから……」

「そんなに心配?」

何気なく訊《き》いたつもりだったが、シャルロットはひどくきまりが悪そうな顔をした。しかし素《す》の部分が出たのはそこだけで、すぐさまいつものごとくぬいぐるみをつかんだ。

「そんなわけがないでしょう。彼には昔お世話になったし、お見合いの肖像画《しょうぞうが》を描《か》いていただいた恩があるから、ちょっと気になっただけですわ。そんなことより、あなた、ちゃんと台詞《せりふ》は覚えていらしたの？　少しでもとちったら即《そく》キスしますわよ」

　ふたりきりになった途端《とたん》この豹変《ひょうへん》ぶりだ。ぼすぼすと殴《なぐ》りつけながら脅《おど》され、その相変わらずの恐《おそ》ろしさにミレーユは少し怯《ひる》んだが、ここで負けるわけにはいかないと平気な顔を装う。

「シャロンは、どうしてリゼランドへ行きたいと思ったの？」

　唐突《とうとつ》な質問に、扉《とびら》を閉めていたシャルロットは怪訝《けげん》そうに眉《まゆ》を寄せた。

「なんですの、いきなり。前に話したでしょう、父上の迎えがきたから……」

「その前から行きたいと思ってたんでしょ？　どうしても行ってみたかったって言ったじゃない。だからお父さんのお迎えについて行ったのよね。イアンさんがいるリゼランドに」

「……そんなこと言ったかしら。思い違《ちが》いじゃなくて？」

　本当に覚えていないかのようなとぼけぶりだ。もし本当に覚えていなかったとしても、彼女がそう発言したのは事実である。むしろ無意識に内面が出てしまったということだ。

　ミレーユは息をつくと、あらたまって彼女を見つめた。

「シャロン。あたしたち、舞台で恋人同士を演じるのよ。隠《かく》し事はやめて、あなたも本音で話して。じゃなきゃあたしもあなたの白百合姫《ひめ》に心から恋なんてできない」

「あら、急に熱心になったのね。いい傾向《けいこう》ですわ」

「はぐらかさないで。私的に親しくしたほうがいいって言ったのはあなたなのに、あたしにばっかり要求するなんてずるいわ」

「それとこれとは違うでしょう。これはあたくしの私生活の問題よ。あなたに言う必要なんてないでしょう」

「あるわ！」

のらりくらりとかわすシャルロットに、女優志望の彼女が一番気を遣《つか》うであろうことをミレーユは言い放った。

「今のあなたは心が乱れてる。そんなんで舞台に支障が出たらどうするのよ！」

おそらく彼女にその指摘《してき》は応《こた》えたはずだ。目を見開き、頬を軽く引きつらせるのを見て、ミレーユは懸命《けんめい》に訴《うった》えた。今この時しか、彼女を切り崩《くず》せる時はない。

「誰にも言わないから、お願いだから話して。あなたの力になりたいのよ。あたしを相手役だと認めてくれてるなら……」

その気持ちに嘘《うそ》はなかった。『貴族の隠し子』という自分と似た境遇《きょうぐう》に生まれた彼女が、父親に引き取られたせいで自分の幸せを諦《あきら》めようとしている気がして、堪《たま》らなかったのだ。親友や父親を守るためなら何でもやるという心意気と行動力を持つ彼女だからこそ、今度は逆に力になってあげたかった。

それが伝わったのか、黙《だま》り込んだシャルロットはそれまでつけていた公爵令嬢《こうしゃくれいじょう》の仮面をするりと外した。

「………だって、まだ十四歳だったの」

ぽつりと彼女は切り出した。

「お金も身よりも伝手《つて》もなくて、十四の娘《むすめ》がどうやったら遠い国まで追いかけていけると思う？　魔《ま》法使《ほうつか》いにでもなりたかったわ。……本気でそう考えてたのよ。馬鹿《ばか》みたいでしょう？」

小さく苦笑《くしょう》し、だからね、と続ける。

「存在すら知らなかった父親の使いだっていう人が迎えに来た時、本当に神様みたいに思えたの。今でも父は神様みたいなものだわ」

「どうして……？　あなたを利用しようとしてるのに。今だって政略結婚《けっこん》を持ちかけるために来てるんじゃない」

「でもそのおかげで彼に再会できたのですもの。広いサンジェルヴェの空の下、奇跡《きせき》みたいなことだわ。――だからあたくしは、彼よりも父を選ぶと決めたの」

父である公爵が自分を利用するために引き取ったということなど、彼女はとっくに承知しているようだった。さばさばとした口調で話す彼女は再び仮面を付け始める。

「彼ね、将来有望なの。有名な画家の先生からシアランへ来いって誘《さそ》われているのよ。だけど公爵の娘であるあたくしを連れていけるわけがない。あたくしだって今さら貧乏《びんぼう》生活に戻《もど》るなんて嫌《いや》だわ。だからこれを機にお別れするのがちょうどいいのよ」

「そんな――でも」

「あら、いいのよ、そんな顔をしてくださらなくても。強がっているわけじゃないの。彼の才能は素晴《すば》らしいと思うけれど、それ以外の感情はもう持っていないし。心配してくださって申し訳ないくらいだわ。でもおかげさまで少し気持ちが整理できたみたい」

どうもありがとう、とシャルロットは優美に微笑む。うまく話を切り上げようとしているのを感じ、ミレーユはくっと拳《こぶし》を握《にぎ》った。

(そんな嘘の笑顔には騙《だま》されないわよ!)

そう気合いを入れ直し、戸棚《とだな》の引き出しから布にくるまれたものを取り出す。強敵を切り崩すにはこれに賭《か》けるしかない。

「これを見ても、同じことが言える?」

布を開いて、そっと差し出す。訝《いぶか》しげに目をやったシャルロットが小さく息を呑《の》んだ。

「イアンさんが貸してくれたの。見覚えあるでしょ? あなたが贈《おく》ったものなんだから」

塗装《とそう》の剝《は》げた古びた筆と、存在自体が芸術品のような真新しい筆。シャルロットは凍《こお》り付いたように それらに釘付《くぎづ》けになっている。

「あなたが選んでくれたものだって、イアンさんはすごく大事にしてる。十年近くも使ってるのよ。こっちの新しいのはもったいなくてまだ一度も使ってないって言ってたわ。どうしてだかわかるでしょ?」

すっ、とシャルロットは仮面を付ける。

「ええ。貧乏性《びんぼうしょう》なの、あの人。あたくしとは釣《つ》り合わないでしょう? せっかく餞《はなむけ》に新しい筆をさしあげたのにね」

「ほんとにそう思ってるなら……、あの街の画材屋から出てきたとき、あんな顔をしてたのはどうしてなの？」

怪訝そうに彼女は視線を向ける。やがてその瞳《ひとみ》が動揺《どうよう》したように揺《ゆ》れた。まさか見られていたとは夢にも思っていなかったのだろう。

「最初に会ったとき、あたし見たの。あなた、すごく思い詰《つ》めたような顔でぼんやりしてた。イアンさんへの別れの手紙を預けた直後だったんでしょ？　そんなに割り切ってる相手なら、あんな顔をする必要ないもの。あなたはやっぱりイアンさんのことが好きなのよ」

「いいえ、違うわ」

冷ややかにシャルロットは声を張り上げた。

「不愉快《ふゆかい》だわ、やめてちょうだい。こんなに綺麗《きれい》で社交的なあたくしが、あの冴《さ》えない男と釣り合うわけがないでしょう。おかしな勘違《かんちが》いはそこまでにしてくださいな。迷惑《めいわく》だわ」

たたきつけるような反論に、ミレーユも負けじと奥の手を繰《く》り出した。

「じゃあ、この筆がどうなってもいいのね。イアンさんからあなたにって預かってきたけど、いらないのね？　だったら……」

古びた柄《え》の筆を両手で持ち、圧力をかける。ほんの少し力をこめたら折れそうなそれを見てシャルロットが目を見開いた。

「やめてっ！」

悲鳴のような声をあげ、シャルロットはミレーユの手から筆を引ったくる。

息を切らし、呆然《ぼうぜん》とした顔でそれを見下ろした彼女は、しばしの沈黙《ちんもく》のあと独り言のようにつぶやきをもらした。

「珍《めずら》しい絵の具が手に入ったって、いい歳をしてはしゃいでいるような人なのよ。……十年も前に買った絵筆を後生大事に使い続けて……」

無意識のように筆を胸にかき抱《いだ》き、シャルロットは泣き笑いのような表情になる。

「柄がぼろぼろになったこの筆で、あたくしを誰よりも綺麗に描いてくれる人なの……」

灰色の瞳が潤《うる》みを帯びる。頑《かたく》なに付け続けようとしていた仮面が完全にはがれ落ちた。

彼女がそんなにも頑なにならなければいけない理由を思い、ミレーユは励《はげ》ますように彼女の肩《かた》をつかんだ。

「イアンさんと一緒《いっしょ》に行けばいいじゃない。あなたのために王宮にまで乗り込んできてくれた人なのよ」

シャルロットは迷うように黙り込み、やがて頭《かぶり》を振《ふ》った。

「父のことを放り出して行けないわ。だって本当に馬鹿なんですもの、ひとりにしておけない。あたくしが傍《そば》で守ってあげないと、また悪いやつらに騙されるわ。今度だって第二王子との縁《えん》談《だん》を嬉々《きき》として持ちかけようとしているし……」

「だから、お父さんを守るためにイアンさんと別れることにしたの？」

彼女は答えなかった。だが顔を見ればそうであるのは間違いなかった。

「――その件なんだけどね、シャロン」

急に第三者の声がして、シャルロットはぎょっとして振り向いた。

部屋の隅《すみ》にあるクローゼットが開き、フレッドと女官が出てくるのを見て目をむく。

「なっ……」

「きみのお父上は、きみがいるかぎり悪巧《わるだく》みをし続けると思うんだ」

何事もなかったかのように話を続けるフレッドを、シャルロットは唖然《あぜん》として見ている。やがてその視線は怒《いか》りに燃えてミレーユに突《つ》き刺《さ》さった。

「騙したわね……？」

「ご……ごめんなさ……い」

それまでの強気から一転してミレーユはびくびくと謝った。力になりたかったのは本心だが、騙したことに関しては完全に言い訳出来ない。

まあまあ、と間に入り、フレッドはなおも話を進める。

「あの人はああいう性分なんだよ。王太子殿下《でんか》がだめだったなら、次はヴィルフリート殿下。それもだめなら今度は別の嫁《よめ》入り先を探《さが》すだろう。きみという駒《こま》があるかぎり、あの癖《くせ》は治らないよ」

「ちょっと」

駒呼ばわりはひどいだろうと思ってミレーユは抗議《こうぎ》したが、シャルロットは気にしていないようだった。フンと鼻を鳴らし、考え深げな顔になる。

「……それで悪党どもにつけ込まれて、利用され続けるというわけね」

「そういうこと」

「つまり、あたくしがいなくなれば駒がなくなった父上は悪巧みをすることもなくなり、一応は平穏無事《へいおんぶじ》に暮らしていけるということかしら?」

「まあ、他《ほか》に隠《かく》し子がいなければね」

シャルロットは黙り込み、やがて自嘲《じちょう》したように笑った。

「消えたほうが親孝行になるというわけね。そうかもしれないわ。お世話になった二年分の恩はこれで返せるのかしら」

「きみが決断してくれるのなら、伯父上《おじうえ》のことはぼくが守るよ。一応親戚《しんせき》だしね」

「そう……あなたも苦労性《くろうしょう》ね。顔に似合わず」

彼女は笑い、それからミレーユを見た。

「間が悪かったわ。まさかよりによってあなたに見られていたなんて思わなかった」

「ある意味運命の出会いだね」

フレッドが茶々を入れたが、ミレーユはその言葉が胸にしみて笑えなかった。あの時あの場所で彼女を見かけていなかったら、こうして一緒に舞台《ぶたい》をやることもなかったのだろうから。

「あ、それでね、ちょっと台本を変えてみたの。確認《かくにん》してみて」

気を取り直して背後を見やる。一緒にクローゼットに隠れていた女官が、新しい台本をシャルロットに手渡《てわた》した。

ぱらぱらとめくり、彼女は呆然とつぶやいた。

「あたくしに黙《だま》って、よくも……」

最初に出来上がった脚本《きゃくほん》と違《ちが》うのは、終幕近くの場面だ。白百合《しらゆり》の精霊《せいれい》役の台本にはそこに『本物の恋人《こいびと》（イアン）と駆《か》け落ちする』と書き加えられている。その横の注釈《ちゅうしゃく》には、ミレーユたちが稽古《けいこ》の合間をぬって企《たくら》んだ駆け落ち計画が詳細《しょうさい》に記してあった。

「今まで苦しめてすまなかった、シャロン」

急に女官が口を開き、シャルロットが再びぎょっとなる。それが誰かを認めてあきれ顔になった。

「何やってるのよ……？」

女官の扮装《ふんそう》をさせられたイアンが、不本意そうに口をとがらせる。

「ここには女性しか入れないって伯爵《はくしゃく》がおっしゃるから……」

言いながら、彼は騙《だま》されたことに気づいたらしい。当の伯爵は男のくせに堂々と入室しているのだから。

一瞬沈黙《いっしゅんちんもく》が流れ、やがてシャルロットが笑い出した。決まり悪そうにしていたイアンもつられたように笑い出し、彼女の手をとった。

「今度こそ一緒に行こう。もうひとりで置いて行ったりしない」

「………ええ」

シャルロットが嬉《うれ》しそうにうなずくのを見て、ミレーユは思わず額の汗《あせ》をぬぐった。ようやく素直《すなお》になってくれた彼女のために、もう一仕事やらなければならない。

「じゃああたし、楽団の配置変更と当日の警備体制の確認と馬車の手配とシアランまでの地図の手配に行ってくるわね！」

そう叫《さけ》ぶとミレーユは張り切って部屋を飛び出した。


カードに書かれていたのは、貴族たちのサロンが並ぶ棟《むね》の一室だった。

昼間ということもあり、あたりに人気《ひとけ》は感じられない。少しうかがってから思い切って扉《とびら》を押し開いた。

しんと静まりかえった部屋にいたのは、ひとりの男だった。窓辺に立ち、こちらに背を向けていた彼が、物音に気づいたのか振り返る。

――それがよく知っている顔だと気づくまでに少しかかった。

黒髪《くろかみ》の若い紳士《しんし》。その青白い顔に微笑《びしょう》が浮《う》かぶのを凝視《ぎょうし》して、リヒャルトは立ちつくした。

「お久しぶりです。王太子殿下の婚約披露宴《こんやくひろうえん》以来ですね。お元気でいらっしゃいましたか」

親しげに口火を切った男を見つめ、冷や水を浴びせられたような心地《ここち》で声をしぼりだす。

「なぜ、あなたがここに……」

男は微笑んだまま軽く首をかしげた。その仕草に、ふと嫌《いや》な予感がよぎった。

「あの神官を動かしているのは、まさかあなたですか」

「動かすなどと……大げさですね。彼は私をここまで送ってくれたのですよ。一応、お忍《しの》びですのでね。――サラに似ているという令嬢《れいじょう》を、もう一度この目で見てみたいと思いまして」

頬《ほお》をこわばらせるリヒャルトと対照的に、彼の表情はあくまで変わらなかった。

「舞踏《ぶとう》会の夜は、あなたも伯爵も彼女を紹介《しょうかい》してはくださらなかった。私はよほど嫌《きら》われているのですね。妹に似ている令嬢に悪さをしようなどとは考えておりませんよ」

困ったように笑う男を、リヒャルトは焦燥《しょうそう》を隠しきれず見据《みす》える。

「ミレーユをどうするつもりですか。彼女に何を――なぜあの神官を接触《せっしょく》させているんです」

「何も。あなたがシアランへお帰りくださることだけが私の望みです。ご自身の本分をお忘れでないか、それを申し上げるために来たのですよ」

「……」

一方的にそう告げると、棒立ちになっているリヒャルトに「では」と会釈《えしゃく》して、彼は悠々《ゆうゆう》と出て行く。

様々な思いがこみあげ、リヒャルトは彼の後ろ姿に叫んだ。

「ウォルター伯爵!」

かつて兄のように慕《した》っていたその人は、昔と同じ穏《おだ》やかな笑《え》みを浮かべて振り向いた。

「本国でお待ちしていますよ。――リヒト様」

第六章　いつもと違う夜

離宮《りきゅう》の舞台には花が咲《さ》き乱《みだ》れていた。

会場には王侯《おうこう》貴族がひしめいている。篝火《かがりび》を焚《た》いているとはいえ冬の夜だ。寒さは相当なはずだが、それを気にしている者はあまりいないようだった。

そんな中、会場中程《なかほど》の貴賓《きひん》席に国王夫妻がいるのを見つけ、舞台袖《ぶたいそで》から会場を眺《なが》めていたミレーユは浮き足だっていた。

「ど、どうしよ……、失敗したら死刑《しけい》に……」

「いや、ならないから。別にこれ王命でやってるわけじゃないし、陛下はあくまでお忍びで娯《ご》楽《らく》に来ておられるだけだから」

隣《となり》にいたフレッドが取りなしたが、予想以上の大事になってしまったことでミレーユは冷静さを失っていた。

「どこがお忍び!?　あんなにいっぱい大臣とか偉《えら》い人たちまで連れてきて」

「そりゃ、おひとりだけで出歩けるような御方《おかた》じゃないもの。国王だし」

「そういう問題じゃないのよっ」

狼狽《ろうばい》のあまり頭痛がしてきた。しかし今さら逃《に》げ出すわけにもいかない。

ふたりは同じ濃紺《のうこん》のマントをはおり帽子《ぼうし》をかぶっている。ふたりで一つの役を演じるのだ。

少し離《はな》れた奥のほうでは、純白の薄絹《うすぎぬ》のベールをかぶった二人組がひそやかに語り合ってい
た。白百合の精を演じるリディエンヌとシャルロットだ。舞台が始まればゆっくり別れを交《か》わ
している暇《ひま》はないため、上演前に言葉を交わし合っているのだろう。

「……グレンデル公爵《こうしゃく》も来てるんでしょ？」

声をひそめて訊《たず》ねると、フレッドは会場へと目線を戻《もど》した。

「一番前の席に陣取《じんど》っていらっしゃるよ。陛下のお側《そば》に席をとりたかったようだけど、それだ
と出入り口まで近くなっちゃうからね、何とか言いくるめて納得《なっとく》していただいたよ」

見れば、公爵の周囲にはいかつい男たちが数人取り囲むように座っている。見覚えがあると
思ったら、白百合の騎士《きし》たちだった。

この分ならおそらく公爵を足止めすることもできるだろう。『そのとき』を邪魔《じゃま》されては計
画が台無しになってしまうのだ。

「イアン君はもう待ち合わせ場所に行ったのかな。最後にもう一回確認しておこうか」

フレッドはそう言って周囲を見回した。

「あれ、リヒャルトは？」

「さっき、裏で会ったけど……。なんだか近頃《ちかごろ》様子が変なのよね」

「ふうん……。緊張《きんちょう》してるのかな？　ちょっと励《はげ》ましてくるよ」

気をもむミレーユを安心させるように、フレッドは笑顔《えがお》を見せてその場を離れた。


開幕前のざわついた劇場内を、リヒャルトは静かに見渡《みわた》していた。

会場の中程に設《しつら》えられた王族の席では、国王と王妃《おうひ》が仲良く並んで座っている。国王の隣にはジークがいた。彼特有のどこか気だるげな表情で舞台のほうを眺めている。

その隣に座るヴィルフリートは、いつになく神妙《しんみょう》な顔をしていた。噴水《ふんすい》に突《つ》っ込んだ後しばらく寝込《ねこ》んでいたというから、まだ体調が万全《ばんぜん》ではないのかもしれない。

そんな兄と対照的に頰を上気させているのは隣のセシリアだ。口には出さないがこの舞台を楽しみにしていたらしいことは知っていた。よくわからないがかなり思い入れがあるらしい。

彼女と同様に、その隣にいるエドゥアルトも目をきらめかせている。最愛の娘《むすめ》が主演する舞台なのだからそれも当然だろう。

最後にリヒャルトは、王妃の隣の空いた席へと目をやった。

国王の第二妃であるメルヴィラ妃──『マリルーシャ公女』を『セシリア王女』にするために作られた架空《かくう》の女性の席だ。名前と肩書《かたが》きだけで実態のない妃だが、こういった場では必ず彼女のためにも席が設けられることになっている。

これまでは、その席がいつも空席であることを訝《いぶか》しむ者はいなかった。さほど身分が高くなく、再婚《さいこん》で連れ子までいる第二妃は、誰からも重要視されていなかったのだ。ゆえに、病弱のため療養《りょうよう》中だという口実がまかり通ってきた。

だがこれからはそうは行かないだろう。現にシアラン大公はマリルーシャの居所をかぎつけ、刺客《しかく》まで送り込んできた。この先同じことが繰《く》り返されないとも限らない。

それを防ぐにはただひとつ。——大公の目を、別の標的に引きつけるしかない。

「リヒャルト」

急に声をかけられ、思索《しさく》から覚醒《かくせい》する。振《ふ》り向くとフレッドが舞台のほうから下りてくるところだった。

「最後にもう一度打ち合わせをしておこうと思ってさ。ミレーユは緊張しちゃって大変だよ。大丈夫《だいじょうぶ》かなあ」

「……フレッド」

リヒャルトは躊躇《ためら》いを振り切るように口を開いた。

「ミレーユをサンジェルヴェに連れて帰ってくれないか。なるべく早く」

「え?」

「いや、どこでもいい。どこか——シアランから遠いところに」

「……何かあった?」

フレッドが真顔になる。しばし迷ってからリヒャルトは言葉を押し出した。

「後で話す……」

暗い感情が伝わったのか、フレッドはそれ以上問いただそうとはしなかった。

——開幕のベルが鳴り響《ひび》く。

楽団の前で宮廷《きゆうてい》作曲家がひらりと指揮棒を振り上げ、劇場内に静かな音楽が流れ始めた。


舞台の中央。百合《ゆり》の花に囲まれて、少女がひとりたたずんでいる。

白いベールをかぶり、純白の羽根のついたガウンをまとっているのは白百合姫《ひめ》——シャルロットだ。祈《いの》るように胸の前で手を組み合わせている。

〈ああ、また今日も夜が明けてしまう。わたしはまた、あの方の前では何もしゃべれないただの花になってしまうのだわ。精霊《せいれい》の女王様、わたしはあの方に嫌《きら》われてしまいます。口下手《くちべた》な姫君だと、笑われてしまうのです——〉

悲しげに訴《うつた》えた白百合の精は、夜が明ける悲しみを歌に託《たく》した。楽団の奏《かな》でる旋律《せんりつ》とともに澄《す》んだ美しい歌声が響き渡《わた》る。

正面に引かれていた濃紺のカーテンがゆっくりとたぐられ、代わりに明るい黄色のカーテンが引かれていく。夜から朝へと変わるのだ。それに合わせて白百合の精の歌声はだんだん小さくなっていき、膝《ひざ》をついたシャルロットは頭《こうべ》をたれて——手を組み合わせたまま動かなくなった。

〈あわれな娘よ、白百合姫。けれどおまえを行かせるわけにはいかないのだよ。あの青年とおまえは住む世界が違《ちが》うのだ。おまえたちはけっして結ばれることはない――〉

女王役の声が響き、ざわざわと精霊たちの声が続く。乱れたバイオリンの高い音が途切《とぎ》れると、ミレーユは意を決して舞台上へと踏《ふ》み出した。

視界が開け、一斉《いっせい》に視線が突き刺《さ》さるように集まる。

「きゃーっ、フレデリックさまーっ」

一瞬《いっしゅん》真っ白になった頭を覚醒させてくれたのは、黄色い歓声《かんせい》だった。おそらくフレッドの親衛隊たちだろう。観劇においては非常識なことこの上ないが、今のミレーユには何よりも心強い声援《せいえん》だ。

ひそかに深呼吸し、うつむいているシャルロットへと歩み寄る。

〈……ああ、また今日も夜が明けてしまった。君はまた、その美しい姿を白百合に変えてしまったのだね。僕に何も語らない、意地悪な百合の花に〉

彼女のそばに膝をつき、銀色の髪《かみ》に触《ふ》れる。ミレーユ演じる『フリッツ王子』には、観客と違って彼女が百合の花に見えているのだ。

〈君と出会わなければ、こんなにも苦しい思いをせずに済んだ。もしも時間を巻き戻せるのなら、僕は……〉

愛《いと》しげに手をのばし、銀色の髪を一筋たぐりよせて口づける。

〈同じように君と出会って、懲《こ》りることなく君に恋《こい》するのだろう。愛しい白百合姫〉

百合の精は黙《だま》ったままで答えない。フリッツ王子は悲しげに立ち上がった。

立ち去りかけて、ふと振り返る。

〈姫よ！　僕たちの間には、いくつもの山と谷が立ちはだかっている。僕を待つ者たちを裏切る勇気もないくせに、君を求めてしまう心をとめることができないんだ〉

帽子の羽根《はね》飾《かざ》りをひとつ抜《ぬ》き、百合の花の前にそっと置いた。

〈君を連れて、逃げ出せたらいいのに――〉

そうつぶやくと、フリッツ王子はさっと帽子を押さえて身を翻《ひるがえ》す。

太陽を呪《のろ》う王子の心情歌とフルートの旋律に、親衛隊の黄色い悲鳴が重なって響いた。


舞台袖へ戻《もど》ってくるなり、ミレーユはふらりとその場に膝をついた。

「きゃあっ、ミレーユさま、しっかり！」

慌《あわ》てた様子でリディエンヌが支えようとする。ミレーユは蒼白《そうはく》な顔をしてつぶやいた。

「もうだめです……気力を全部使い果たしました……」

「まだ始まって五分も経《た》ってないよ？」

「そんなこと言ったって、我ながら台詞《せりふ》が棒読みすぎて罪悪感がわいてくるのよ……」

何とか台詞だけは頭にたたきこんだのだが、間違えないようにと必死になるあまり演技の面まで気が回らないのだ。

「そんなことはありませんわ、素晴《すば》らしい演技でした。わたくし、ますます好きになってしまいましたもの……」

きゃ、とリディエンヌは照れたように頰《ほお》を押さえる。フレッドも深くうなずいた。

「そうだよ。ぼくもますます好きになっちゃったよ。きみの演技は本当に素晴らしかった」

「……ありがと」

嘘《うそ》くさいと思ったが、せっかく褒《ほ》めてもらったので前向きに受け取ろうと思い直し、ミレーユは腰《こし》をあげた。これくらいで弱音を吐《は》いていてはいけない。舞台に出ずっぱりのシャルロットはもっと大変なのだから。

それに、これからまだ大きな仕事が残っているのだ。へこたれている場合ではない。

舞台上では、人間の姿になった白百合の精が、王子の残していった羽根飾りを手にして切なげに歌っている。

子どもの頃《ころ》から女優志望で、なおかつリゼランド宮廷劇団の看板女優だったというだけあって、彼女の身のこなしは堂々としたものだった。演技力はもちろん、その歌声だけでも舞台にあがる価値がある。

(田舎《いなか》で育った普《ふ》通《つう》の女の子だったのに、いきなり貴族の娘として生活しなきゃならなくなったんだもの。あの演技力はかなり武器になったんじゃないかしら……)

猫《ねこ》かぶりだの二重人格だのと思っていたが、それほどの強みを持つ彼女が今は少し羨《うらや》ましい。ミレーユもいきなり同じような境遇《きょうぐう》に放り込まれたことがあったが、とても彼女のようには振る舞《ま》えなかったし、ましてや楽しむ余裕《よゆう》などなかった。

「ミレーユ、もうすぐ出番だよ」

フレッドの呼びかけに、ミレーユは気合いを入れ直す。

精霊の女王や周囲の者たちに交際を反対され、悲しみにくれる白百合姫。彼女をこれから口説き落とし、無理やり攫《さら》って駆《か》け落ちしなければならないのだ。

客席の隅《すみ》で壁《かべ》にもたれ、リヒャルトは舞台《ぶたい》を鑑賞《かんしょう》していた。

夜になって会いにきた『フリッツ王子』が、人間の姿の白百合姫を口説いている。物語も中《ちゅう》盤《ばん》になり、初めのうちは緊張《きんちょう》していたらしいミレーユの声も、だいぶ通るようになっていた。

観客たちのほとんどが物語に入り込んでいるようだった。王道ともいえる恋愛《れんあい》物はやはり馴《な》染《じ》みやすいのだろう。特に女性たち――中でもフレッドの親衛隊たちには堪《たま》らない内容かもしれない。

〈まあ、わたしにこの飾り留めを？〉

冗談《じょうだん》のように大きな拳《こぶし》ほどもある黄色の石のついた飾り留めを、ミレーユ演じる王子が彼女の袖口に留《と》めている。

〈これは、将来妻《つま》となる人に捧《ささ》げるよう母上からいただいたものなんだ。きっと君によく似合うはずだよ。だって君の瞳《ひとみ》と同じ色をしているもの〉

〈素敵《すてき》だわ。でも、わたしがもらってもいいのかしら。あなたはこの国の王子様。わたしはただの花の精――お妃様《きさき》にはなれません〉

〈じゃあ、ふたりでどこかへ行こうよ！〉

ミレーユの叫《さけ》びに、キャーという親衛隊の黄色い声が続く。リヒャルトはこれが劇中の台詞であるということを一瞬忘れてどきりとした。

「――袖飾り留めを女性に贈《おく》るというのは、どんな意味があるのだろうか」

隣《となり》にいたカインがぽつりとつぶやく。リヒャルトは我に返って小さく嘆息《たんそく》した。

「さあ……」

「乙女《おとめ》趣味《しゅみ》全開だな。誰が書いたんだ、この話」

セオラスがどこか身の置き所のないような顔をして加わってくる。彼だけではなく、近くで警備についている白百合騎士《しらゆりきし》団の同僚《どうりょう》たちも似たような表情をしていた。内容云々《うんぬん》ではなく、恥《は》ずかしい台詞の連発される点に悶《もだ》え苦しんでいるらしい。

「わからない。ミレーユは教えてくれないんだ」

「なーんか知ってるやつらに似てる気がするんだけど……気のせいか？」

ちらり、とセオラスが王族の席へと目を向ける。頬を上気させたセシリアが身を乗り出すようにして舞台に見入っているのが見えて、リヒャルトが思わず苦笑《くしょう》していると、ハミルが断固とした口調で入ってきた。

「誰が書いたっていいじゃねーか！　王子も姫も良い子だよ。幸せになっちゃえばいいんだよ。あのふたりを引き裂《さ》くやつは俺がゆるさねえ」

「いや、おまえ、これ作り話だぞ」

呆《あき》れたようにセオラスが突《つ》っ込んだが、ハミルは任務そっちのけで舞台に夢中になっている。小動物や草花を愛する彼は、騎士団の中では珍《めずら》しく乙女心をいくらか理解できるらしい。

舞台では求婚《きゅうこん》に成功した王子が白百合姫と手をとりあって踊《おど》っている。精霊たちが花びらの雨を降らせ、祝福の歌を歌っているが、客席ではフレッドの親衛隊たちがそれに猛反発《もうはんぱつ》し、他《ほか》の派閥《はばつ》と争いになっていた。

「あいつら、また……！　一体何しに来てんだ」

「俺に任せろ。乙女劇団の邪魔《じゃま》はさせねえ！」

使命感に燃える目をしてハミルがそちらへ急行し、やれやれという顔でセオラスも客席へ入って行った。舞台が始まってからずっとこんな調子なのだ。

「そろそろ行くか？」

カインの声にうなずき、リヒャルトはもう一度舞台へ目を向けてから、踵《きびす》を返した。

同僚たちには不評らしいが——あの王子の台詞一言一句すべてに共感できる自分は、きっとここでは異端《いたん》なのだろう。

「――ここからが本番だ。準備はいい？」

フレッドが確認《かくにん》するように一同を見回す。水を飲んでいたミレーユは口元をぬぐってうなずいた。

「ええ、大丈夫《だいじょうぶ》」

「シャロンも？」

「いつでもいいわ」

幕が引かれた舞台からは馬が駆ける音が聞こえる。もちろん本当に駆けているわけではなく効果音だ。周囲に交際を反対されたフリッツ王子が、一緒《いっしょ》に出奔《しゅっぽん》するため白百合姫《ひめ》のもとへ向かっているのである。

「じゃあ、そろそろやろうか」

フレッドの言葉に、シャルロットはリディエンヌに抱《だ》きついた。それからフレッドにも軽く抱擁《ほうよう》した。

「ふたりとも元気でね」

早口に別れを告げると、彼女は幕が引かれたままの舞台を横切り、向こう側の舞台袖へと姿を隠《かく》した。

それを見届けたフレッドが、ミレーユに目を戻して軽く肩《かた》をすくめる。

「挨拶《あいさつ》だからいいだろ？」

「別に何も言ってないわよ」

むすりとしてミレーユは言い返した。平然としている兄に何だか女たらしの一端《いったん》を垣間見《かいまみ》てしまったような気がして複雑なだけだ。

涙《なみだ》ぐんでいるリディエンヌに気づき、フレッドがそっと肩にふれる。

「ここにもひとり、親友がいますから。そんなに寂《さび》しがらないで」

「はい……。ありがとうございます」

涙をぬぐうリディエンヌと、それを見守っているフレッドを振《ふ》り返り、ミレーユは舞台へと向かった。他の女の子にやるように慰《なぐさ》めてあげればいいのに、と心の中で悪態をつきながら。

「風邪《かぜ》引かないようにね」

フレッドの声を背に、ミレーユは舞台へと踏《ふ》み出した。


幕が開くと、舞台上は夜の風景が広がっていた。正面には濃紺《のうこん》のカーテンが引かれ、月光を想定した静かな曲が流れている。

そこへ現れた王子が、恋人《こいびと》の姿を捜《さが》して視線をめぐらせた。

〈姫！　姫よ、どこにいるんだ！〉

焦《こが》れたような呼びかけに、反対側の舞台袖《ぶたいそで》から白百合姫がよろけるように現れた。

〈王子様！〉

〈白百合姫！〉

感動の再会を果たしたふたりは、同時に駆け寄り、舞台中央で固い抱擁をかわす。客席のあちこちで女性たちの悲鳴があがった。

〈もう離《はな》さない。ふたりで遠くへ行こう〉

〈はい……でも、どこへ？〉

〈そんなの、決まっているだろう？　誰も僕たちのことを知る者がいない、最果ての国さ！〉

フリッツ王子は宣言すると、白百合姫の手を引いて舞台を飛び降りた。


観客席の真ん中を貫《つらぬ》く通路を駆《か》け抜《ぬ》け、ミレーユとシャルロットは劇場の出入り口へ向かった。

両脇《りょうわき》の観客たちの間からどよめきが起こる。純粋《じゅんすい》に驚《おどろ》いている者、これも演出かと面白《おもしろ》がっている者、物語にのめりこむあまり陶酔《とうすい》している者、女と逃避行《とうひこう》するフレッドに悲鳴をあげる親衛隊――。

それらを背に会場を飛び出し、そのまま中庭の隅にある焼き物小屋へと走る。中にはリヒャルトとイアンが待っていた。

「急いで！」

ミレーユはマントと帽子《ぼうし》を脱《ぬ》ぎ、リヒャルトに押しつけた。代わってシャルロットが脱いだベールとガウンを受け取り、すばやく身につける。

「馬車の用意は？」

「出来ています。あとは乗るだけです」

答えたリヒャルトは手早くマントをまとうと、入り口から劇場のほうをうかがった。

「まだどよめいてる。今なら人目につかずに行けます、急いでください」

「あの、いろいろありがとうございました、ミレーユさん……」

「いいの、気をつけて行ってくださいね。シャロンにボコられないうちに、急いで」

礼を言いかけるイアンを制し、ミレーユは彼の背中を押した。最後に焼き物小屋を出てきたシャルロットが、あらたまったようにこちらを見た。

「ありがとう。あなたたちのこと、忘れないわ」

「ええ、あたしも。シャロンなら絶対にすごい女優になれるわよ。猫《ねこ》かぶり精神を忘れずに頑《がん》張《ば》ってね」

「誰が猫かぶりですって。女優魂《だましい》と言ってくださる？」

シャルロットはふと微笑《ほほえ》み、ミレーユを見つめる。

「初めて会った時、あたくしを助けてくれたあなたはとても恰好良《かっこうよ》かったわ。でも、もう少し女性らしくしたほうが得かもしれないわね。手を出せなくて困っている人もいるみたいだし」

内緒話《ないしょばなし》でもするかのように顔を近づけてくる。と思ったら、頰《ほお》にやわらかいものが押しつけられた。

びっくりして目を瞠《みは》ると、悪戯《いたずら》っぽい笑《え》みが返ってきた。

「台詞《せりふ》を三カ所も間違《まちが》えた罰《ばつ》よ。……唇《くちびる》は、彼のために残しておいてあげるわ」

最後にそうささやいて、彼女はイアンのもとへと身を翻《ひるがえ》した。

「じゃあね。——さよなら！」

それきり振り返ることもなく、彼女はイアンとふたりで、シアラン行きの馬車の待つ裏門へと走っていった。

「こちらも急ぎましょう」

リヒャルトが手を差し伸《の》べてくる。シャルロットとの別れの余韻《よいん》に浸《ひた》っていたミレーユは、我に返ってその手をつかんだ。

「何を話してたんですか？」

「え？　別に、何でもない……」

口ごもるミレーユをリヒャルトは不思議そうに見たが、それ以上は追及《ついきゅう》しなかった。

「行きましょう」

うながす彼にうなずいて、ふたりは中庭の散策路を走り出した。

劇場内はざわめいていた。主役のふたりが突如舞台《とつじょぶたい》から遁走《とんそう》し、そのままいつになっても戻《もど》ってこないのだから無理もない。

「これも演出の一環《いっかん》なのかしら？」

「変わった趣向《しゅこう》だな」

「まさか、これで終わりというわけではないでしょうね」

興味津々《きょうみしんしん》な観客たちの中で、王族席でもこの展開には驚きが走っていた。

「フレデリックはどこへ行ったのだ。まさか本当に駆け落ちしたわけではないだろう」

「陛下。そのような事態になれば、白薔薇《しろばら》乙女《おとめ》の会名誉《めいよ》会長の王太后さまが黙《だま》ってはいらっしゃいませんわ」

「困ったな。どうしたものか」

言葉のわりにさほど困った様子もなく、国王夫妻はのんびり言葉をかわしている。フレッド独特の洒落《しゃれ》だろうとすでに悟《さと》りきっているのだ。

「そのうち出てくるでしょう。いつもの目立ちたがりですよ」

ジークは退屈《たいくつ》そうに舞台《ぶたい》を眺《なが》めた。この日のことは前もって聞かされているので、今何が起きているのかもこれから何が起こるのかも全部知っているのだ。

「しかし兄上、今出て行ったのはやつではなく……」

そわそわしていたヴィルフリートが躊躇《ためら》い顔で言いよどむ。どうやら弟にまでばれてしまったらしいと知り、ジークは軽く眉《まゆ》を寄せた。

「どこへ行ったのかな。あんなに急いで、転んで怪我《けが》などしていなければいいけれど」

心配そうに出入り口のほうを見るエドゥアルトに、セシリアは思わずネタをばらしてしまいそうになるのを何とか我慢《がまん》した。リヒャルトと『駆け落ち』したなどと言えば大変なことになりそうだ。

突如《とつじょ》、舞台に勇ましくも軽《かろ》やかな音楽が響《ひび》き渡《わた》った。

驚いて目を戻した観客たちは、さらに度肝《どぎも》を抜かれることになった。

夜を表す濃紺のカーテンが、さっと左右に引かれる。吹《ふ》き抜けになった向こうには、月を浮《う》かべた本物の夜空と離宮《りきゅう》の黒々とした建物が、額縁《がくぶち》に入れられた絵画のような様相で現れた。

その遠くに見える城壁《じょうへき》の上に、黒いマント姿の男と白いベールをかぶった女が立っている。

「あれは……！」

誰かが叫《さけ》ぶ。その声が聞こえたかのように、ふたりがこちらを振り向いた。

「本当に駆け落ちするつもりか⁉」

「でもあの向こうは確か水路だぞ」

「まさか、心中……⁉」

予想外の展開に場内は騒然《そうぜん》となる。そんな騒《さわ》ぎをよそに、城壁の上のふたりは見つめ合うと、しっかり手をつないだまま向こう側へ身を躍《おど》らせた。

はるか遠くで、かすかに水音が立つ。一瞬《いっしゅん》静まりかえった場内は再びどよめきに包まれた。

「——随分凝《ずいぶんこ》った演出をするものだなあ。乙女劇団といえど侮《あなど》れん。主催《しゅさい》は確か、王太子妃様《ひ》だったか」

素直《すなお》に、そして思惑《おもわく》通りにリディエンヌに感心をよせる者もいたが、ほとんどの者はそれどころではなかった。

「いやーっ、フレデリックさまがーっ！」

「信じられないわ、このわたくしを置いてあんな女と駆け落ちなんて！」

「だから言ったのですわ、抜け駆け禁止令は撤廃《てっぱい》すべきだと！　頭の古いお姉さま方のせいでフレデリックさまをとられてしまったではありませんか！」

「誰が年増の古い女ですってぇ！　あなたがた、いつまでもその若さが続くと思っていたら大間違いですわよ！」

白薔薇乙女の会では内部抗争《こうそう》が勃発《ぼっぱつ》しようとしていた。しかし一番度を失っていたのは、最前列の席にいたグレンデル公爵《こうしゃく》だ。

「シャルロットが逃《に》げた！　どういうことだ、フレデリックとできていたのか⁉」

彼はとにかく娘《むすめ》を追いかけようと試みた。すかさず両側にいた騎士《きし》たちがそれを阻止《そし》する。

「閣下、舞台はまだ終わっちゃいませんよ」

「最後まで見届けていただかないと」

「ふ、ふざけるな！　貴様らもグルなのか⁉　くそっ、責任者を出せ！　あれがいないと私の計画が……」

舞台の幕《まく》がゆるやかに下りた。

何の前触《まえぶ》れもない終幕に観客たちの間から不満の声があがる。これだけ気を持たせておきながら、あまりにも呆気《あっけ》ない幕切れだ。

誰もがそう思った時、一度は下りた幕が再びゆっくりと上がり始めた。

訝《いぶか》しげに視線を戻した観客たちは、またしても驚愕《きょうがく》に包まれることになった。

白百合《しらゆり》をちりばめた舞台の中央。そこには、水路に身を投げたはずの白百合姫《ひめ》が横たわっていたのだ。正面には濃紺《のうこん》のカーテンが引かれ、何事もなかったように静かな音楽が流れ出す。

〈――不思議だな。夢の中でなら、いくらでも大胆《だいたん》になれるのに〉

物憂《ものう》げな声とともに、今度はフリッツ王子が舞台奥の暗がりから現れた。

〈いざ君を目の前にすると、僕はとほうもなく臆病《おくびょう》になってしまうんだ〉

口論したり泣き出したりと忙《いそが》しかった親衛隊たちは、息をのんで彼を凝視《ぎょうし》する。そんな視線をものともせず、王子は白百合姫の傍《そば》に膝《ひざ》をついた。

〈姫よ、どうか笑ってくれ。君とふたりで遠くへ行く夢を見たんだ。けれども夢は夢だと気がついてしまった。僕は君を精霊《せいれい》の世界から連れ出せないのだと〉

そうして彼女の髪《かみ》を一筋すくい、悲しげに見つめる。

〈君は人の世界の毒に染まりすぎた。こんなにも萎《しお》れ、苦しんでいたのに、気づいてあげられなかったなんて。僕が城に閉じこめられている間に、君はひとりで遠い場所に行ってしまったなんて〉

うちひしがれたように王子は肩《かた》を落とす。バイオリンの旋律《せんりつ》がもの悲しく舞台に響き渡った。

最初のうちは混乱していた観客たちも、ようやく事態を把握《はあく》しつつあった。王子が城を出てから後の出来事は、すべて彼が見ていた夢だったのだ。そして現実には、人の世界の毒に冒《おか》されていた姫はひそかに力尽《ちからつ》きていて、王子が駆《か》けつけた時にはもう間に合わなかった——。

萎れて散らばった百合の花びらをすくい、王子は胸をおさえる。

〈もう、僕の手の届かないところへ行ってしまった。ふたりで逃げ出すことすら叶《かな》わない場所に……〉

花びらを握《にぎ》りしめ、王子はその場に泣《な》き伏《ふ》した。バイオリンの葬送《そうそう》曲が流れ、観客席からすすり泣きが聞こえた。

ふたりの恋《こい》は、悲しい結末を迎《むか》えてしまったのだ。

けれども、誰もがそう思ったその時、重々しい声が響いた。

〈人間の青年よ。おまえは姫を本当に愛しているようだね〉

フリッツ王子は驚《おどろ》いたように顔をあげる。

〈私はおまえを試《ため》したのだ。おまえが姫ではなく国を選ぶのではと恐《おそ》れてな……。けれどもお

まえは姫のもとへやって来た。心から死を悼《いた》み、嘆《なげ》き悲しむ様子に胸を打たれた。おまえが流した涙《なみだ》は本物だった……〉

〈あなたは、精霊の女王……?〉

〈ふふ……、いかにも。おまえの涙に免《めん》じて、精霊界の理《ことわり》を一度だけ曲げてやろう。姫を人間にしてやろう……〉

客席から驚きに似た歓声《かんせい》があがる。それにつられるように王子は振《ふ》り向き、驚愕したように立ち上がった。

死んだはずの白百合姫が起き上がったのだ。戸惑《とまど》うように周囲を見ていたが、王子を見つけて笑顔《えがお》になる。

〈これは夢かしら? 王子様が泣いていらっしゃるわ〉

〈夢じゃ……ないさ!〉

ふたりは見つめ合い、手を取り合った。祝福の音楽が始まり、精霊たちが軽やかに登場する。花びらの舞《ま》う中、登場人物すべてが笑顔で迎えた終幕に、会場は黄色い歓声と割れんばかりの拍手《はくしゅ》に包まれた。

「これはどういうことだ!」

感動冷めやらぬ劇場内、舞台《ぶたい》の上がり口でわめいているのはグレンデル公爵だ。

「シャルロットをどうした、どこへやったんだ！」

下りた幕が三度《みたび》上がり、ベールをはずして挨拶《あいさつ》に出てきた白百合姫は、彼の娘ではなく王太子妃リディエンヌだった。最初は確かにシャルロットが演じていたはず、とするとやはりあの騒ぎで逃げ出したとしか考えられない。

舞台口に詰《つ》めかけている人々に愛敬を振りまいていたフレッドは、舞台を下りて公爵を隅《すみ》へと連れて行った。

「シャロンはもういません」

「何だと？」

「伯父上《おじうえ》には最初からシャルロットという娘はいなかったんです。——そう思っていただかないと困ります」

公爵は耳を疑った。

「な……、ふざけるな！　逃がしたのか？　あの娘がいなければ我が一族はいつまでも社交界に復帰できないんだぞ、わかっているのか！」

激高《げっこう》する公爵に、軽く指で耳をふさぎながらフレッドは応じる。

「伯父上。現在の境遇《きょうぐう》こそ、シャロンがあなたを想《おも》って手に入れたものなんですよ。彼女がいなかったら、今頃《いまごろ》はあなたもぼくも牢獄《ろうごく》に繋《つな》がれていたかもしれないのに」

「何の話だ！　我が名門モントルイユ一族が牢獄になど——」

「ああ、じゃあもうはっきり言わせていただきます」

散々耳元で怒鳴《どな》られて嫌気《いやけ》が差し、フレッドはやれやれといったように首を振った。

「国王陛下は、あなたのことを要注意人物として目しておいでです。つまり、早い話が目をつけられているんですよ。厄介《やっかい》なやつだと」

公爵が怪訝《けげん》な顔になる。ようやく怒鳴り声が止《や》み、フレッドは耳をふさいでいた指を外して公爵を静かに見つめた。

「もしあなたが今度何かやらかそうとするなら必ず捕《と》らえよと、命令が出ています。ですから伯父上、ぼくがあなたを捕縛《ほばく》しなきゃなりません」

「……馬鹿《ばか》な。デルフィーヌ様の同族なのだぞ。おまえも同じ親戚《しんせき》――」

「もうあの方の時代はとっくに終わったんです。ぼくも自分の家族が大事ですからね、同族だろうが何だろうが、あなたが罪を犯《おか》せば迷いなく捕《つか》まえますよ。シャロンはそんなぼくの事情を汲《く》んでくれたんです。彼女がいればあなたは懲《こ》りずに悪巧《わるだく》みをなさるでしょうし、そうしたらぼくはあなたを捕まえなきゃいけなくなるから。……あなたには言わないでほしいと頼《たの》まれたので今まで黙《だま》っていましたけど」

公爵は愕然《がくぜん》としてフレッドを見つめた。それから、貴賓《きひん》席で人の良い顔で妃と話《きさき》している国王へと目を移した。

「社交界に復帰できなくても、奥様とご子息がいらっしゃるじゃないですか。自らすべてをなくそうとしないで、今あるものを大事にしてください。――今上陛下の御代《みよ》ではモントルイユ一族の復興は望めません」

「……」

言葉をなくしたように公爵は立ちつくした。フレッドが舞台へ戻《もど》ろうとすると、彼はぼんやりと口を開いた。

「あの娘《むすめ》は、どこへ行った」

「シャロンなら、シアランで女優になるそうですよ」

公爵はしばし沈黙《ちんもく》した。それからたった一言つぶやいた。

「……芝居《しばい》が好きな娘だったからな」

それきり何も言わず、公爵は力《ちから》ない足取りで劇場をあとにした。


わきたつような歓声と拍手を、ミレーユは水路の中で聞いていた。

「舞台、終わったみたいね」

そちらへ目を向けてみるが、当然ながら高い壁《かべ》に阻《はば》まれて何も見えない。

離宮《りきゆう》の外を流れる水路に飛び込んだふたりは、そのまま繁《しげ》みに覆《おお》われた一角に身を隠《かく》していた。グレンデル公爵が捜索《そうさく》の手を差し向けないとも限らなかったので念を入れていたのだ。

「あのふたり、うまくたどり着けるかしら」

それほかりが気になってつぶやくと、すぐそばでリヒャルトが動く気配がした。明かりがないので、隣《となり》にいるはずの彼の顔すらよく見えない。飛び込んだ時につないだままの手だけが頼《たよ》りだ。

「大丈夫《だいじょうぶ》でしょう。ふたりとも自分の意志で、目標を持って行ったんですから。きっと無事にシアランまでたどり着けますよ」

「……そうよね」

手をつないで走って行ったふたりの後ろ姿を思い出す。好きな人と一緒《いっしょ》に新天地へ向かうというのはどんな気持ちなのだろう。劇中では駆け落ちの経験もさせてもらったが、結局よくわからなかった。

「寒くないですか」

「ええ、大丈夫」

真冬の夜に水に浸《つ》かっているのだから、本当は少し寒かった。けれど思っていたより水温はぬるかったし、会場から聞こえる歓声の具合からしてもう少し隠れていたほうがよさそうだったので、我慢《がまん》することにしたのだ。

「……俺は寒いです」

沈黙の後に思いがけない返しが来て、ミレーユは驚いて彼のほうを見た。同時に伸《の》びてきた腕《うで》が背中に回って抱《だ》き寄せられた。

一瞬《いっしゅん》展開についていけず、されるがままになってしまった。我に返り、慌《あわ》てて声をあげる。

「そ、そんなに寒いなら、もう上がりましょ」

「いえ……、このままでいてくれるなら我慢できます」

「でも――」

反論をさせまいとでもするかのように、抱きしめる腕に力がこもる。

胸苦《むなぐる》しくて息が止まりそうになった。それはただ彼の胸に押しつけられたことだけが理由ではなかったが、そんなことを言えるわけもない。

抗議《こうぎ》できなかったのは、彼の態度が気になったからだった。これはたぶん、いつもの天然行《こう》為《い》ではないという予感がしたのだ。

「リヒャルト……やっぱり何かあったんじゃない？」

ここ二日ほど、彼は暗い顔をして考え込んでばかりだった。明らかに態度がおかしいのに理由を訊《き》いてもはぐらかされる。本心を打ち明けてくれないのは信頼《しんらい》されていないからだろうかと、少し落ち込んでいたところだったのだ。

「悩《なや》み事とかあるなら、話してみて。絶対に誰にも言わないし、一緒に考えるから」

「ああ……。悩みならあります」

やっと彼が認めたので、ミレーユはほっとして訊いてみた。

「どんな？」

「……ある人が、ものすごく鈍《にぶ》くて、全然俺の気持ちに気づいてくれないんです。そういうところが可愛《かわい》いと思っていたけど、そんな呑気《のんき》なことを考えている場合じゃなくなってきて……」

悩みとは恋《こい》の悩みらしい。思いがけず苦手分野を持ちかけられミレーユは動揺《どうよう》したが、彼がせっかく勇気を出して打ち明けてくれたのだからと懸命《けんめい》に頭を働かせる。

「その人のこと、好きなの……？」

一瞬だけ、躊躇《ためら》うように間を置いてから、彼はベールをかぶったままのミレーユの頭に顔をうずめるようにして答えた。

「ええ。大好きです」

さらに密着して耳元に息がかかり、思わず頬《ほお》が熱くなった。自分に言われたのかと思うほど真に迫《せま》った声だったのだ。けれどそうではないのだと思い出すと、勝手ながら胸にもやもやとしたものがわいてきた。

「じゃあ、その人にそう言えばいいのに」

つい拗《す》ねたような言い方をしてしまったが、彼は気にした様子もなく答えた。

「本人には言えないんです」

「どうして？　リヒャルトに好きって言われたら、たぶん誰も断らないと思うけど……」

リヒャルトは少し笑ったようだった。

「そういうことじゃなくて、その人とは住む世界が違《ちが》うから。俺の事情に巻き込みたくないから、絶対言いません」

「身分違いの人ってこと……？　でもそんなの、リヒャルトが思いこんでるだけで、その人はそんなこと思ってないかもしれないじゃない。ちゃんと訊いてみたの？」

「相手は気にしないだろうけど、そういう問題じゃないんです。彼女の周囲の人たちも、俺の周囲の人たちのことも、どちらも裏切れない」

（裏切る……？）

恋愛《れんあい》相談だったはずが、何だか物騒《ぶっそう》な言葉が飛び出してきた。思っていたよりも深刻な事情があるようだ。

「でも、そんなに好きなら、やっぱり打ち明けてみたほうがいいと思う……。だって、もし相手の人もあなたのことを大事に思ってたら、すれ違いになっちゃうわ。住む世界が違うなんて思ってるのはあなただけかもしれないし」

心なしか抱きしめる腕に力がこもる。ミレーユは息を詰《つ》まらせながらも続けた。

「だ、だからね、つまり……、あたしは何があったってあなたの味方でいるから……住む世界が違うなんて思ってないから、もうちょっと信用して頼ってもいいのよ。あなたがどうしても言えないっていうなら、あたしが代わりに相手の人に会ってきてもいいし――」

変な申し出をしているという自覚はあった。余計なお世話と思われるかもしれないという心配もある。だが、自分はいつでも味方だということを何とか伝えたかった。いつも笑顔《えがお》で助けてくれて守ってくれた彼が、こんなにも沈《しず》んでいることが自分のことのように悲しかったのだ。

「……あなたが以前そう言ってくれた時、嬉《うれ》しかった。でも、俺にはあなたを連れて逃《に》げるようなことはできません」

「逃げるって……？　どういうこと？」

驚《おどろ》いて聞き返すが、リヒャルトは答えない。やっぱり肝心《かんじん》なことは話してくれないと思ったら、さっきまでとは違った意味で悲しくなった。

「あなたね、いつもあたしの心配ばっかりするくせに、どうしてそんなに自分のことは話してくれないのよっ。あたしだってあなたのこと心配してるし、いつも気にかけてるのよ、それなのに不公平だと思わないの？　そ、そりゃ、パン屋の娘のくせしてパンも焼けないし、体力くらいしか自慢《じまん》できることないし、頼りにならないと思ってるだろうけど……」

もどかしくて、ほとんど駄々《だだ》っ子のような言い方になってしまう。それに呆《あき》れたのかどうか、ふう、と吐息《といき》が降ってきた。

「気持ちは嬉しいですが、あまりそういうことを言わないでください。今は余裕《よゆう》がないので」

「なんでよ、どうして言っちゃいけないの？　ほんとに力になりたいって思ってるわ。それが迷惑《めいわく》だっていうんなら、あたし何も出来なくなっちゃうじゃ――」

急に抱きしめていた腕がゆるんだ。身体《からだ》を離《はな》したリヒャルトは、ミレーユのベールをはずすと片頬を包むようにして上向かせた。

「――どうしてそこまで思ってくれるのかな」

静かな声とまなざしが落ちてくる。

「そんなに一生懸命《いっしょうけんめい》に言ってくれるのは、何か特別な理由があるんですか？」

意味のわからないことを言われ、ミレーユは混乱しながら答えを探した。

「だ……だから、いつも助けてもらってるから、あたしもお返ししたくて……」

リヒャルトは無言だった。彼の求める答えとは違ったらしい。じゃあどうすればいいのかと考えるうち、頭の中はごちゃごちゃになってきた。

それはたぶん、徐々《じょじょ》に近づいてくる瞳《ひとみ》のせいだ。距離《きょり》が近づけば近づくほど、思考がどんどん消えていく。

とうとう何も考えられなくなって、思わず目を閉じそうになった時、ふいに彼が口を開いた。

「以前にもこんなことがありましたね。……ジークの婚約披露《こんやくひろう》の夜」

はっと覚醒《かくせい》したようにミレーユは目の前の彼を見た。

「あの時もあなたは逃げなかった。なぜですか？　嫌《いや》なら逃げてもよかったのに」

突然《とつぜん》思いもよらない質問をされ、ミレーユは戸惑《とまど》って彼を見つめ返した。

——そう言えば、どうしてだろう。

バルコニーでふたりでいたあの時。もし花火が打ち上げられなかったら、どうなっていたのだろう。そんなことは考えたこともなかった。

彼と一緒にいると時々逃げ出したくなる時がある。それが嫌悪《けんお》からきているものではないことくらい自分でもわかっていた。けれど、その先がなぜなのかわからない。

実の兄よりも、もっと頼《たよ》れる兄のような存在——そう思っていたかったのに。それだけではすまされない気持ちが自分の中にあったことを突《つ》きつけられたような気がした。

急に彼の瞳を見るのが怖《こわ》くなった。顔を背《そむ》けようにも、頬をおさえられていてはそれもかなわない。

「手、離して……」

いつものように強気に突っぱねればいいのに、情けないくらい弱々しい声しか出なかった。それほど力が入っているとも思えない手は、びくともしない。

「答えてくれたら離します」

濡《ぬ》れて頰にはりついた髪《かみ》を、長い指が掬《すく》い上げる。

「答えないなら……続けますよ」

水の中にいるわけでもないのに、溺《おぼ》れそうな心地《ここち》がした。うまく呼吸ができなくて胸が苦しくなる。

「そんなの、ずるい。なんであたしだけ言わなくちゃいけないの……」

ようやく出た抗議の言葉をさえぎるように、頰をおさえたまま、親指が唇《くちびる》をなぞる。

「……ずるくていいから、もう目を閉じてください」

茶色の髪の先から滴《しずく》がたれた。それは睫毛《まつげ》に落ちてきて、耐《た》えきれずミレーユは目をつむる。

濡れて冷たくなった頰や唇に吐息が降りかかった。立ちすくむ身体を左腕《ひだりうで》が再び抱《だ》き寄せる。

さらに上向かされ、間近に屈《かが》み込んできた体温を感じて、震《ふる》えそうな吐息がもれた。

「――――そんな顔されたら、これ以上無理《むり》強《じ》いできないですね」

つぶやきはすぐ傍《そば》で聞こえた。頰をおさえていた手が緩《ゆる》む。

「冗談《じょうだん》ですよ。ちょっと意地悪をしたくなっただけです」

ぼんやりと目を開けると、いつもの微笑《びしょう》がそこにあった。

硬直《こうちょく》しているミレーユから手を離し、彼は頭上をふりあおいだ。

「さすがに冷えてきましたね。上がりましょう」

そう言って先に水路から上がると、水に浸《つ》かっているミレーユに手を差し伸《の》べる。

引き上げてくれた腕は力強かった。水を吸って重くなったガウンのせいなのか、地上にあがるなり座り込みそうになる。それを支えてくれた彼はいつもの優《やさ》しい彼だったのに、どうしてあんな意地悪をされたのだろうと、頭の中がぐるぐるしたままミレーユは口を開いた。

「……理由がないと、あなたのために一生懸命になっちゃだめなの……？」

何かを捜すように周囲を見回していたリヒャルトが、問いかけに気づいて見下ろす。

「あなたが信じてくれなくても、あたしはあなたのこと、ほんとに大事に思ってる……」

沈黙《ちんもく》したまま、腕を支えている手に少し力がこもった。だがそれも束《つか》の間、リヒャルトは息をついて手を離した。

「俺もあなたを大事に思ってます。——ありがとう」

穏《おだ》やかな声でそう言い、彼は微笑んで踵《きびす》を返した。なおも何か捜すように歩いていくのを、ミレーユは棒立ちのまま眺《なが》めていた。

と、急に横から毛布が差し出された。驚いて顔を向けるとカインが立っている。

広げて肩《かた》にかけようとしてくれていた彼は、ミレーユの顔を見ると思い直したように頭から毛布をかぶせた。

「あ、ありがと……」

カインはうなずき、リヒャルトのほうへ向かう。気配に気づいて振《ふ》り向いた彼にも毛布を差し出した。

「……最後まで押せばよかったのに」

ぼそりと言われて一瞬《いっしゅん》言葉を詰まらせたリヒャルトは、やがて照れまじりの苦笑《くしょう》を浮《う》かべた。

「いいんだ」

毛布を受け取って振り返る。頭から毛布をかぶってふらふら歩いてくるミレーユを見て、手を貸してもいいものか悩《なや》んだ。泣き出す寸前までやっておいて今さら親切面《づら》するなんて、考えただけで胡散臭《うさんくさ》すぎる。

「ミレーユ。大丈夫《だいじょうぶ》ですか」

結局放っておけずに声をかけると、びくぅっと毛布の塊《かたまり》が反応した。

「う……うん……」

か細い声で返事をして傍をすり抜《ぬ》けていく。そのまま城門のほうへ向かう背中をリヒャルトは追いかけることができなかった。


歌劇団の打ち上げは賑《にぎ》やかに行われていた。

劇中の扮装《ふんそう》のまま興奮さめやらない様子でおしゃべりに励《はげ》む団員たちや、あらためて感想をのべにきた熱心な客などが集まり、白百合騎士団《しらゆりきしだん》お手製の料理や差し入れの酒などを味わっている。

「お、俺、手紙書いてきたんだ。舞台《ぶたい》の感動を何とか伝えたくて……、脚本《きゃくほん》書いた先生はどこにいるのかなっ」

大事そうに手紙を抱いてそわそわしているハミルを、騎士たちは懸命《けんめい》になだめていた。

「やめとけって、脚本家の先生には何も言わないほうがいいって。心の中だけで賞賛しとけ」

「そうだぜ。こんなところで暴露《ばくろ》したら、たぶんとんでもねーことになるぞ」

「先生への熱い思いはおまえの胸にしまっとけ、なっ?」

「なんだよおまえら、先生のこと知ってるのかよ！　ちくしょう、俺にも教えてくれよ。俺は……俺は感動してるんだよ！　王子と姫《ひめ》が結ばれて……良かった、って……!!」

うおーん、と感涙《かんるい》にむせび始めたハミルを、同僚《どうりょう》たちは仕方なく別室へ誘導《ゆうどう》した。このままここに置いておくのは危険だ。正体を暴《あば》かれた脚本家がどんな暴動を起こすかわからない。

同じ頃《ころ》、主役ふたりのところへは、贈《おく》り物を携《たずさ》えた信奉者《しんぽう》たちが次々と訪《おとず》れていた。

「あなたの白百合姫は素晴らしかったよ、リディ。相手役はぜひ私が務めたかった」

大量の薔薇《ばら》の花とともに現れた王太子に、リディエンヌは嬉《うれ》しげに微笑んだ。

「まあ素敵《すてき》。ありがとうございます、殿下《でんか》」

「ぼくへの差し入れはないんですか?」

「ひとりだけ楽しい思いをしたのだから、それで充分《じゅうぶん》だろう」

素っ気なく言われ、フレッドはアハハと笑った。なぜ男なのに乙女《おとめ》劇団に普通《ふつう》に参加しているのかと何度となく疑問をぶつけられていたのだが、思いのほか根に持っていたらしい。

続いて贈り物を届けにきたのは意外にもヴィルフリートだった。

「お前にじゃないぞ。本物の主演女優にだ」

どこか不機嫌《ふきげん》そうな顔で彼と近衛が引いてきた荷車を、フレッドはまじまじと見上げた。

「わあー……素敵だなあ」

「そうだろう。今日までこつこつと作りためておいたのだ。我ながら力作だぞ」

ごろり、と転げ落ちてきたのはミレーユの頭部を模した焼き物だった。そういえば粘土《ねんど》細工に凝《こ》っていると聞いていたが、まさか荷台に山となるほど作っていたとは。しかもすべて妹の顔ばかり——まるで生首が大量に積まれているようだ。

「きっとあの子も、これを見たら泣きわめいて喜ぶと思います。もしかしたら前後不覚になっちゃうかも」

「そ、そんなにか？」

心なしか嬉しそうに身を乗り出すヴィルフリートに、フレッドは笑顔《えがお》でうなずいた。

「もちろんですよ。で、ぼくへの差し入れはどこに？」

「そんなものあるわけがないだろうが」

真顔で言われ、フレッドはまたもアハハと笑った。一時は顔を見るなり鼻血ばかり噴《ふ》いていたのに、入れ替わりを知らされた途端《とたん》、男のほうにはまったく惑《まど》わされなくなったらしい。恋《こい》とは不思議なものだとしみじみ思う。

「……そういえば、ミレーユとリヒャルトは遅《おそ》いな」

ヴィルフリートが荷台を片付けに行くのを見送り、思い出したようにジークがつぶやいた。

終幕からもうだいぶ経《た》つが、ふたりはいまだ姿を現さない。濡れた服を替えるのに手間取っているのだろうか。

「本当に駆《か》け落ちしてしまったのではないか？　シャルロットたちに触発《しょくはつ》されて」

「まさかあ」

「わからないぞ。恋人同士に影響《えいきょう》されて盛り上がってしまったかもしれない。今頃《いまごろ》は人知れず都を抜けているやも」

「じゃあ、賭《か》けますか？」

にこりと笑って持ちかけるフレッドに、ジークは軽く眉《まゆ》をあげてうなずく。そんなふたりを諫《いさ》めるようにリディエンヌが割って入った。

「おふたりとも、悪ふざけはおやめなさいませ。ミレーユさまは第二夫人になられる大切な御《お》方《かた》ですのよ。わたくしと一緒《いっしょ》に末永く後宮を支えていただく予定なのですから」

「でも、ミレーユがリヒャルトのほうを選んだら？」

「その時は、リヒャルトさまも後宮に入っていただけば問題ありません。ね、フレデリックさま」

「あー、あの話ですかあ」

満更《まんざら》でもなさそうに頭をかくフレッドに、ジークはゆっくりと目線を向けた。

「私の知らないところでリディと内緒話《ないしょばなし》を……？」

「いやだなあ。リディエンヌさま、殿下は本当に寂《さび》しがり屋さんですよねえ」

アッハッハと笑って同意を求めるフレッドに、リディエンヌも楽しげに口元をおさえる。さりげなく肩を抱《だ》いてきたジークに微笑《びしょう》を返した彼女は、次なる訪問者を見つけて手を振った。

「まあセシリアさま、こちらへいらっしゃいませ」

入り口からちらちらと中をのぞいていた王女は、ぎくっとしたように顔を引っ込めかけた。しかし三人の視線が集まっているのに気づくと頬《ほお》を赤らめながら入ってきた。

「王女殿下、わざわざぼくのために来てくださるなんて感激です」

「べ、別に、あなたを労《ねぎら》いにきたわけでは全然なくてよっ。わたくしはお義姉《ねえ》さまとミレーユに会いにきたの、誤解しないでちょうだい」

いつものように仏頂面《ぶっちょうづら》を赤くしてまくしたてるセシリアに、フレッドはため息をつく。

「そうですか……。ああ、なぜだろう。ぼくには誰も会いに来てくれない。一応主役だったのに。こんな悲しいことがあっていいんでしょうか」

切なげに嘆《なげ》くのを見てセシリアはくっと拳《こぶし》を固めた。赤らむ頬をそむけて声を押し出す。

「………あ、あなたの演技は、なかなかのものだったわ。ま、まあ、ミレーユには遠く及《およ》ばないけれど」

「でもひとつ、気になることがあるんですよね」

　せっかく褒《ほ》めてやったのに、彼はさらりと話をかわす。物憂《ものう》げな顔をして部屋の隅《すみ》へと行くのを不審《ふしん》に思いつつ追うと、懐《ふところ》から台本を取り出した。

「一体誰の仕業《しわざ》なのか……。ぼくと殿下の秘密を、あの劇に取り入れた者がいるんです」

「……秘密？」

「聖誕祭の袖飾《そでかざ》り留めの件ですよ」

　ずばり言われ、一瞬置いてセシリアは目をむいた。にっこり微笑まれ、みるみる顔は真っ赤になる。

　舞台の脚本を書いたことを知られているのだ。なぜばれたのかと言い訳を探して狼狽《ろうばい》していると、突然《とつぜん》入り口のほうで鬨《とき》の声があがった。

　何事かと目をやれば、白薔薇《しろばら》乙女《おとめ》たちが我先に部屋へ入ろうと押し合いへし合いしている。場内整理を始めた騎士たちと争いも勃発《ぼっぱつ》しているようだ。

「ああ、みんなが呼んでる。じゃあ失礼します、殿下」

　動転して口もきけずにいる王女に台本を手渡《てわた》し、彼はさりげなく耳元に顔を寄せる。

「――どちらかというと、赤毛の白百合姫のほうがぼくは好きです」

「…………」

　颯爽《さっそう》と去っていく背中を見送り、セシリアは渡《わた》された台本を抱いたままあんぐりと口を開けた。まるで乙女日記の中の王子様のような発言に、ときめくあまり憎《にく》まれ口も出てこず、王女はくらりと目眩《めま》いを起こしてふらついた。


「――早馬は、もうシアランに着いているでしょうね」

夜闇《やみ》に停《と》まっている一台の馬車から、若い男の声がした。

窓のすぐ外に寄りかかっていたヒースは、つまらなそうにそれを聞く。

「大公殿下は、花嫁《はなよめ》を迎《むか》えるため軍を派遣《はけん》するそうです。きみが動くのはその後にして下さい。それと、くれぐれもリヒト様には知られないように」

冷めた目をして黙《だま》っていたヒースは、胡乱《うろん》げに口を開いた。

「閣下。あんた本当はどっちの味方なんです？」

微笑が見えるような穏《おだ》やかな声が返ってくる。

「私はシアラン公国のしもべです。きみが神に仕《つか》えているのと似たようなものですよ」

「へー。しもべねえ。神の使いに誘拐《ゆうかい》をさせるくらいだから、たいしたお覚悟《かくご》なんすね」

「きみこそ、神の使いのくせに毎晩怪盗稼業《かいとうかぎょう》ご苦労様です」

「へいへい……。行けばいいんでしょ行けば」

嫌《いや》みを返され、今まさに怪盗の恰好《かっこう》をしていたヒースは肩《かた》をすくめた。

「……それで城館に連れていって、そのあとどうするんすか。大公にも渡さない、あのお坊《ぼっ》ちゃまにも黙ってろって……、まさかあんたのものにするつもりじゃないでしょ」

ふふ、と笑いがこぼれる。相変わらずおっとりとした声音《こわね》のつぶやきが、闇に溶《と》けるように返ってきた。

「彼女は人質《ひとじち》ですよ……。最初で最後の切り札にするんです」

その答えに、ヒースは不愉快《ふゆかい》そうに眉根《まゆね》を寄せた。それから自嘲《じちょう》気味に肩をゆらして笑い、馬車を離《はな》れた。

目的のために幼なじみの娘《むすめ》を利用しようとしている自分には、彼を非難する権利など初めからありはしないのだ。

あとがき

こんにちは、清家未森です。

『身代わり伯爵の決闘』、いかがでしたでしょうか。

前巻の引きからして、四巻ではミレーユに結婚話《けっこん》が持ち上がって云々《うんぬん》というお話を予想されていた方もいらしたと思いますが、すみません、今回まではまったり平和なお話です。

この巻を一言で表すとするなら、「嵐《あらし》の前の静けさ」といったところでしょうか（全然静かじゃないですが）。いろいろ必死すぎる白薔薇《しろば ら》乙女《おとめ》の皆《みな》さんやゲストキャラのシャルロットなど、女の子の登場率が高くて書いていて楽しかったのですが、非常に疲《つか》れました。皆テンション高すぎです。

そんな騒《さわ》ぎの渦《うず》の中、今回は恋愛《れんあい》面が結構動いたのではと思います。まずは天然二人組。初っ端《ぱな》からいちゃついてましたが、最後はちょっといつもと違《ちが》う雰囲気《ふんい き》になってしまいました。ヘタレに加えてムッツリ疑惑《ぎ わく》が浮上《ふじょう》したり途中《とちゅう》からテンパりまくったりと忙《いそが》しかったリヒャルトは、このままミレーユに絶交されてしまうのか。そして残念ながら鼻血キャラ返上ならずの第二王子は、これから巻き返しできるのか。そのへんが次巻の見所ではないかと思います。

そしてそして、ここでビッグなお知らせをひとつ。

なんと身代わり伯爵がコミック化されることになりました！「ビーンズエース」VOL.14（六月十日発売予定）から連載《れんさい》開始、作画を担当して下さるのは柴田五十鈴先生です。誌面で王女の癇癪《かんしゃく》が吹《ふ》き荒《あ》れたり筋肉が乱舞《らんぶ》したりすると思うと楽しみでなりません。そちらのほうもよろしくお願いします。

最後になりましたが、ねぎしきょうこ様。ヒースのあまりの恰好良《かっこよ》さに「これは中身も恰好良くしないとマズイ」と焦《あせ》ってしまいました。曖昧《あいまい》なイメージをお伝えしただけで素敵《すてき》な神官服を考えていただき、恐縮《きょうしゅく》しつつも大変感激しております。ありがとうございました。

担当様。毎回タイトルの付けづらい話を書いてしまってすみません。そして「今回は明るくお願いします！」との指令を受けていたにもかかわらず、どんどん暗く書いて行ってしまって、誠《まこと》にお手数をおかけしました。次はもっと余裕《よゆう》を持ってやります……！

そしてこの本を手に取って下さった皆様。早いものでデビューから丸一年が経《た》ちましたが、皆様の応援《おうえん》のおかげでここまでくることができました。次回はいよいよ五巻目、新章に突入《とつにゅう》します。変わらず騒動《そうどう》に巻き込まれるであろうミレーユやその他の人々を、どうぞこれからも応援してやって下さいませ。

清家　未森

「身代わり伯爵の決闘」の感想をお寄せください。
おたよりのあて先
〒102-8078 東京都千代田区富士見2-13-3
角川書店ビーンズ文庫編集部気付
「清家未森」先生・「ねぎしきょうこ」先生
また、編集部へのご意見ご希望は、同じ住所で「ビーンズ文庫編集部」
までお寄せください。

身代《みが》わり伯爵《はくしやく》の決闘《けつとう》

清家未森《せいけみもり》

角川ビーンズ文庫 BB64-4 15094

平成20年4月1日 初版発行
平成20年9月15日 3版発行

発行者――井上伸一郎
発行所――株式会社角川書店
東京都千代田区富士見2-13-3
電話/編集(03)3238-8506
〒102-8078
発売元――株式会社角川グループパブリッシング
東京都千代田区富士見2-13-3
電話/営業(03)3238-8521
〒102-8177
http://www.kadokawa.co.jp
印刷所――暁印刷 製本所――本間製本
装幀者――micro fish

ISBN978-4-04-452404-3 C0193 定価はカバーに明記してあります。